JN066664

1分de教養が身につく

# 「日本の名作」あらすじ200本

「日本の名作」委員会

宝島SUGOI文庫

宝島社

## Part2 王道の日本文学

## Part3 少し前の話題の名作

## Part4 現代の名作



※作品の年代は書籍の刊行時

# *Part1*

# 知っておきたい古典文学

平安時代

# 伊勢物語

作者未詳

恋に生き、雅に生きた男の生涯

恋と雅《みや》びに生きた、ある男の一生を描く歌物語。若い頃から和歌が得意な男は、狩りの途中で見かけた娘に一目惚れし、着ていた衣の裾を切り取り、歌を書いて贈る。「春日野の　若紫の　すりごろも　しのぶの乱れ　限り知られず」（春日野の若紫のようなあなたを見て、私の心はこの摺り衣の模様のように乱れています）

また、高貴な女性と恋に落ちるが、彼女は天皇と結婚させられてしまう。その切ない思いを歌に託して、「月やあらぬ　春や昔の　春ならぬ　我が身一つは　もとの身にして」（月も春も、以前とは変わってしまった。私一人だけはもとのままなのに）

やがて男は東国への旅に出る。三河の国では「かきつばた」の5文字で歌を作ってくれという友人に応えて、「唐衣　着つつなれにし　つましあれば　はるばる来ぬる　旅をしぞ思う」（着慣れた衣のように馴れ親しんだ妻と離れて、はるばる遠いところまで来たなあ）

隅田川のほとりでは、都鳥（ユリカモメ）を目にして、「名にし負はば　いざ言問はむ　都鳥　我が思ふ人は　ありやなしやと」（都という名を持つなら聞いてみよう。大切な人は都で元気にしているだろうか）

旅先でのアバンチュール、京に戻ってからの禁断の恋、天皇の第一皇子であった惟喬親王《これたかしんのう》との交友などを描きながら物語は進んでいく。次の有名な一首は、惟喬親王の別荘での花見の際に歌われたもの。

「世の中に　絶えて桜の　なかりせば　春の心は　のどけからまし」

1776年（安永5年）

# 雨月《うげつ》物語

上田秋成《あきなり》

幻想的な雰囲気漂う9つの短編怪異小説集

紀伊の国で暮らす大宅豊雄はにわか雨に降られ、通りがかった家で雨宿りをさせてもらう。すると、後からたいそう美しい女性が雨宿りにやってきた。豊雄はこんな高貴な女性が近くに住んでいることを不審に思うが、隣に座った女性のあまりの美しさに心を奪われてしまう。女性は「新宮のそばに住む県真女児《あがたのまなご》と申します」といい、傘を借り出ていった。豊雄は家に帰っても真女児を忘れることができず、彼女の家を訪ねる夢を見る。

翌朝、さっそく新宮へ真女児の家を探しに行くが、誰も知らない。途方に暮れながら探し続けていると、昼過ぎ頃ふいに侍女が現れて豊雄を真女児の家に案内する。そこには昨夜夢に見たものと全く同じ屋敷があった。

夫と死別したという真女児は、豊雄と夫婦の契りを結び一緒に暮らしたいと話す。喜んだ豊雄は一度家に帰り、再び戻ってくることを約束。ところが、家に帰ると亡夫の形見として受け取った太刀が盗まれたものだとわかり、豊雄は投獄されてしまう。

ようやく釈放された豊雄は実家を離れ、姉夫婦と共に暮らすようになる。しかし、そこに再び真女児が現れた。恐れる豊雄だったが、真女児に言いくるめられてしまう。愛欲に溺れる豊雄に、偶然知り合った神官が蛇の邪神が取り憑《つ》いていると告げる。

実家に戻り父母のすすめで庄司氏と養子縁組をした豊雄の前にまた真女児が現れるが、高名な和尚の法力によって、真女児は白蛇の本性を曝《さら》され寺に封じ込められたのだった。（「蛇性《じゃせい》の婬《いん》」の編）

鎌倉時代

# 宇治拾遺物語

さまざまな物語を集めた鎌倉時代の説話集

作者未詳

全197話の説話集。内容は仏教説話、滑稽談、民間伝承などさまざまで、「わらしべ長者」「雀の恩返し」「こぶとりじいさん」などなじみ深い説話も多い。

「絵仏師良秀の話」

その昔、良秀という絵仏師《えぶつし》がいた。ある日、隣の家から火が出て、風が吹いて自分の家に火が迫ってきたので、逃げ出して大路へ出てきた。家の中には、注文を受けて描いている仏の絵もあったし、妻子も残っていた。しかし良秀はそんなことにも興味がないかのように、通りの反対側から燃え盛る火を眺めていた。

火が自分の家に移り、人々が「たいへんなことだなあ」と声を掛けても平然としている。「どうしたのか」と聞かれても、良秀は家が焼けるのを見ながら、うなずいたり、笑ったり。そして「ああ、これは大変なもうけものをした。これまではずいぶん下手に描いてきたものだ」と言う。

見舞いに来た者たちは驚き、「怪しげな霊でも憑いたのか」と言うと、良秀は答えた。「霊など憑くはずがあるか。長年、不動明王の火炎を描いてきたが、本当の火炎とは、このように燃えるものであったと初めて悟ったのだ。これこそもうけものだ。

この道で世間を渡ろうとするからには、仏様だけでもうまく描き申し上げれば、百千の家も建つだろう。お前さんは、これといった才能もお持ちにならないので物を惜しみなさるのだ」と笑った。

その後、良秀が描いた不動明王像は「よじり不動」と呼ばれ、人々に称賛された。

平安時代

# うつほ物語

日本最初の長編物語

作者不詳

『うつほ物語』は日本初の長編物語。『源氏物語』と同じく、平安時代の王朝物語である。紫式部も、清少納言も、『うつほ物語』から、かなりの影響を受けている。

　物語は、幼くして学才を現した清原俊陰《としかげ》が、16歳で遣唐使に選ばれるところから始まる。しかし、遣唐使船は難破し波斯《はし》国に漂着してしまう。そこで、俊陰は琴を弾いている三人に出会う。そして、彼らから琴を伝授してもらう。

　さらに、俊陰は、この地で仏から琴の開祖になると予言され、阿修羅を守る木で琴を作り、日本に持ち帰る。すでに日本では父も母もなくなっていたが、帝から式部少輔に任命される。

　俊陰の娘は彼から琴を伝授されるが、娘が15歳の時に父は死んでしまう。娘は太政大臣の息子の若小君《わかこぎみ》に出会い、一夜限りに結ばれ子ども（仲忠）が生まれる。子どもは元気な男の子ですくすくと育つが、母子とも都ではなく、山の洞窟（うつほ）に住むようになる。そこで子どもは母から俊陰伝授の秘琴を学ぶのだ。

　この秘琴の音色を、山中で聞いた若小君（藤原兼雅《かねまさ》）は母子を探し出し、都に呼び寄せ彼らのもとに通うようになる。そして、元服した仲忠は帝や春宮（皇太子）の前でも琴を弾くようになり、寵愛を受けるようになった。

　その後、仲忠は、琴のライバルや皇太子たちと絶世の美女・貴宮《あてみや》の争奪戦を行うが、一宮《いちのみや》という女性と結ばれ犬宮という娘をもうける。一方、政界では皇位継承争いが起き、貴宮の第一子が皇太子になる。

　仲忠は娘の犬宮に秘伝の琴を教える。そして、その犬宮は二人の上皇の前で俊陰伝授の琴を弾き、深い感銘を与えるのだった。

平安時代

# 大鏡

作者未詳

１５０年以上に及ぶ天皇家と藤原家の歴史物語

１０２５年、平安京の郊外にある雲林院《うりんいん》で盛大な菩提講《ぼだいこう》(極楽往生を願う法要)が行われた。その中に大宅世継《おおやけのよつぎ》と夏山繁樹《なつやまのしげき》、繁樹の妻の3人の老人が居合わせた。

いずれも１５０年は生きていようかという老人たちは、菩提講が始まるまでの暇つぶしに昔話を始める。

世継が言うには「藤原道長様の栄華がどのようにすばらしいものか。彼のことを話すことで、多くの帝や公卿《くぎょう》、大臣、僧侶のことにも触れることになり、世の中の出来事がすっかり明らかになる」とのことだった。世継は１４５年前に即位した文徳天皇から１０１６年に即位した後一条天皇までの14代にわたる皇室の動向について、また藤原冬嗣《ふゆつぐ》から藤原道長《みちなが》までの20人に及ぶ藤原氏主流となった人々を軸とした権力闘争について語った。特に若き日の道長については多くを語った。

道長の父・兼家《かねいえ》がある時、道長ら3人の息子に向かって、公任《きんとう》という傍流《ぼうりゅう》の藤原家の息子と比較して「その影すら踏めない」と嘆いた。すると2人の兄は恥じ入るばかりだったが、道長だけは「影ではなく面を踏んでやる」と強気に言う。後年、道長は言葉どおりに公任を超える存在となった。

天皇と公達《きんだち》が世間話をしていて、恐ろしい話が話題となった時、天皇は肝試しを提案する。他のものが途中で逃げ帰る中、道長だけは平然と目的の場所に行って戻ってきた。

世継の話に2人の老人は時々相づちを打ちながら聞いている。さらに、一人の若い侍もその輪に加わり、昔話は続いていく。

# おくのほそ道

1702年（元禄15年）

150日間にわたる〝陸奥（みちのく）ふたり旅〟

松尾芭蕉

月日は永遠の旅人であり、人の営みもまた旅である。私もいつの頃からか漂泊の旅への思いがやまず、白河の関を越えて陸奥《みちのく》へ旅立とうという狂おしい思いに取り憑かれ、旅支度にかかった。そして3月27日、親しい人に見送られ曾良《そら》と共に旅立つ。

下野《しもつけ》国では室《むろ》の八島に、日光では東照宮《とうしょうぐう》に詣でる。那須野を過ぎ、黒羽では城代《じょうだい》家老の歓待を受け、雲巌寺《うんがんじ》に仏頂和尚の旧庵を訪ねる。4月20日、遂に白河の関跡を通って陸奥に入り、ようやく旅心も落ち着いてくる。須賀川で旧友に再会し、飯塚では悪天候の夜にノミや蚊に悩まされ持病も起こり体調を崩す。本調子でないまま旅を続けるが、岩沼の武隈《たけくま》の松《まつ》を見て目の覚めるような心地を味わう。5月4日に仙台へ入り、塩釜を経て松島へ。日本一の絶景に接し句を作ることを諦める。

その後、瑞巌寺に詣で、平泉では藤原氏三代の栄華に思いを馳せて涙を流す。次いで山を越え出羽《でわ》の国へ。尾花沢で旧知の豪商宅に滞在、立石寺《りっしゃくじ》では静寂の中で心が澄みわたるのを覚える。そして舟で最上《もがみ》川を下り、6月3日に出羽三山に登る。羽黒、坂田、象潟《きさかた》などで絶景に触れ、越後路を通過、親不知《おやしらず》などの難所を越えて加賀国へ。7月15日、金沢に入り多太神社や那谷寺を詣で、山中温泉にひたり、またここで同行の曾良と別れる。

越前で天竜寺や永平寺を訪ね、福井では旧友と共に敦賀・種の浜へ。そして美濃の国大垣で旅の終わりを迎える。大勢の出迎えを受け、しばし生きた心地にひたるが、9月6日には再び伊勢神宮の遷宮《せんぐう》を拝みに行くため舟に乗り新たな旅に出立した。

**平安時代**

# 落窪物語

作者未詳

平安の世のシンデレラ物語

落窪《おちくぼ》の姫は中納言の娘。皇族の血を引く情緒豊かな美しい娘だったが、実母を早くに亡くしたことから、継母の苛烈ないじめに遭う。屋敷の隅の床が落ちて窪んだ粗末な部屋に住まわされ、母の形見の鏡箱は、継母が持っていた変な鏡箱と交換させられてしまう。また継母の娘たちの婿の衣装縫いなど、いろいろな仕事を押し付けられ、少しでも遅れると「こんなこともできないとは」とののしられる毎日だった。

しかし若き少将・道頼が姫を一目見てその美しさ、心根の優しさに惚れ、継母には内緒で毎晩、姫のもとへ通う。それに気づいた継母は姫を監禁し、老人に犯させようとするが、侍女《じじょ》の機転で道頼は姫を助け出す。二条の屋敷にかくまわれた姫は、道頼の奥方として幸せな生活を始める。

道頼は継母が姫に対して行った非道の数々を侍女から聞き、復讐を企てる。継母の四女と結婚するふりをしながら、「面白の駒」と馬鹿にされていた男を送り込み、まんまと結婚させてしまうなど、いろいろな仕返しを継母とその娘たちに行う。

一方、中納言は姫が失踪したため、姫が母親から相続していた三条の邸宅が自分の物になると考え、屋敷を修繕して移り住もうとする。しかし引越し当日、道頼は「正当な権利書を持っている」と言って屋敷に乗り込み、荷物を差し押さえてしまう。

返却された荷物の中に継母が姫に与えた鏡箱があったことから、中納言は落窪の姫が道頼の奥方になっていることを知る。継母は激怒したが、中納言はすべてを水に流して道頼や姫と和解する。

南北朝時代から室町時代前期

# 義経記

作者不詳

義経伝説を生んだ軍記物語

『義経記』は、口承で伝わっていた義経の伝説が、まとめられたもの。そして、この本がもととなり、多くの浄瑠璃や歌舞伎が作られた。

義経の父・義朝《よしとも》は戦に負け都落ちをする。母・常盤《ときわ》も3人の子どもを連れて都落ちをするが、その一人が牛若《うしわか》（義経《よしつね》）だった。牛若は少年になると鞍馬《くらま》の寺に入り、天狗《てんぐ》から剣術や兵法を学ぶ。そして、16歳の時、砂金買いの商人・吉《きち》次《じ》に導かれて、平家打倒を胸に奥州に向かうことになる。奥州に向かう途中、義経は元服し、とうとう奥州で、庇護者・藤原秀衡《ひでひら》と対面する。

一方、義経に仕える弁慶は、熊野の別当と女房の間に生まれ、鬼若《おにわか》と名づけられた。その後、鬼若は比叡山《ひえいざん》に入るが、大きな体と怪力を持て余し乱行を繰り返していた。そのため、比叡山を追い出されるように出奔。自ら剃刀《かみそり》を持ち頭髪を落として弁慶と名乗るようになる。

比叡山を出奔した弁慶だったが、都で義経と出会う。義経はちょうど弁慶が欲しかった太刀を持っていた。それを奪おうとするが、スッと土塀の上に逃げられてしまう。橋の欄干ではないが、誰もが知る義経と弁慶の出会いであった。

物語は、その後、源頼朝の平家追討の出兵とそれに参陣する義経を描き、義経と平家の戦いと義経の勝利を語るが、ここは多くない。

そして、物語は、頼朝に冷遇された義経が、吉野から北陸路を経て奥州、平泉へ向かう逃避行に紙面を割く。さらに、義経と途中はぐれてしまった妻・静《しずか》の失望と、その境遇を描写する。

物語の最後は、義経の奥州の日々が描かれるが、秀衡の死によって、頼朝の圧力に負けた秀衡の子・泰衡は、義経を裏切ってしまう。そして自らも頼朝に討たれてしまうのだ。

平安時代

# 源氏物語　紫式部

恋愛に苦悩する男性の生涯を描いた世界最古の長編小説

帝《みかど》とその寵愛《ちょうあい》を受けた桐壺更衣《きりつぼのこうい》との間に生まれた光源氏《ひかるげんじ》。3歳の時に母を亡くした彼は、帝の四の宮・藤壺に母の面影を重ね、強い思慕の念を抱き始める。妻・葵の上を迎えてもその気持ちは一層強まるばかり。藤壺に似た姪《めい》の少女・紫の上を強引に引き取って養育し、藤壺の身代わりとして理想の女性に育てようとする。

しかし、それでも藤壺への思いは募っていく。とうとうある夜、源氏は藤壺との密通を果たし、思いを遂げる。藤壺は源氏との間にできた不義の子を生むが、罪の意識にさいなまれ続けることになり、源氏と二度と逢うことはなかった。

藤壺への思いを断ち切れぬ源氏はその後、理想の女性を追い求め女性遍歴を繰り返していく。年上の愛人・六条御息所《ろくじょうのみやすどころ》は源氏への思慕の念が募り、自分でも気づかないまま生霊となって源氏の周囲の女性を苦しめていた。ようやく夫婦として分かり合えてきた葵の上は子どもを出産するものの、この生霊に苦しめられて死んでしまう。その喪《も》が明けるやいなや、源氏は手もとで育てた紫の上を正妻格として迎えた。

政敵との争いに一度は敗れ、都から須磨明石《すまあかし》に落ちたものの、数年後には中央政界に戻り、藤壺との不義の子が冷泉帝として即位するなど、源氏自身も栄華を極める。ところが、退位した朱雀帝《すざくてい》の娘・女三の宮《おんなさんのみや》を源氏が正妻にしたことに紫の上は衝撃を受け、悲しみに暮れ病に倒れてしまう。

看病を続ける中、女三の宮は源氏の親友の息子と過ちを犯して懐妊、源氏は因果応報を悟る。最愛の紫の上が死に、出家を決意する源氏だったが……。

## 好色一代男

1682年（天和2年）

あらゆる性遍歴を繰り返した痛快な男の生涯

井原西鶴

　銀山を掘り当てた大金持ちと高級遊女の間に生まれた世之介《よのすけ》。7歳で侍女《じじょ》に発情して以来、性への関心を強く持つようになる。隣家に忍び込んだり、従姉妹《いとこ》を口説いたり、好色な振る舞いを続け、ようやく11歳で身請けした遊女と初めての契りを交わす。

　13歳では京都祇園の下級の茶屋女たちと関係するが、相手が数段したたかで、世之介は手玉にとられてしまう。それでも落ち込むことなく14歳で仁王堂の飛子《とびこ》（男色を売る若者）とも関係するなど女色にも男色にも励んでいく世之介だった。

　16歳で元服《げんぷく》した彼は、友人の女房を口説いて失敗した後、東海道の宿々の女を相手にしながら江戸へ商人修行に向かった。江戸では商人修行などどこ吹く風で隠れ売春の世界に浸っていると、それが父親に伝わり勘当されてしまう。しかし、これ幸いと全国各地へ色漁《あさ》りに旅立つ世之介だった。

　上方から広島、中津と西国を転々としながら各地で女性との遍歴を繰り返したのち、佐渡の金山を目指して北上、さらに東北へと放蕩《ほうとう》の旅は続いていく。松島では塩釜神社の巫女《みこ》を強姦《ごうかん》しようとして牢獄に入れられる。

　34歳になった世之介は父親の莫大な遺産を相続。そこからは京の島原《しまばら》、大阪の新町《しんまち》、江戸の吉原《よしわら》という三大遊郭《ゆうかく》を主な舞台として名妓《めいぎ》高級遊女を買い漁る日々が続いた。

　60歳になると、世之介はもやは日本での色遊びにやり残したことはないと確信。精力剤や淫具を大量に積み込み、女だけが住むという「女護の島」を目指して船出し、行方知れずになった。

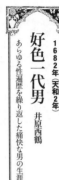

712年（和銅5年）

# 古事記

太安万侶

建国の神話を描いた日本最古の歴史書

正しい歴史を定めて後世に残すことの必要性を感じた天武天皇の命により、稗田阿礼《ひえだのあれ》が暗《あん》誦《しょう》する『帝記《ていき》』『旧辞《きゅうじ》』などの神話や歴史物語を太安万侶《おおのやすまろ》が編纂《へんさん》した日本最古の歴史書。上・中・下の3巻に分かれ、上巻では天皇誕生以前の神話を描く。

天地開闢《かいびゃく》とともにさまざまな神々が「高天《たかまが》原《はら》」に生まれた。神々は最後に生まれたイザナギ、イザナミの神に国づくりを命じる。高天原から葦原中津国《あしはらのなかつくに》に降りた2人は結婚し、子として「大八島国《おおやしまのくに》」を生む。さらに山の神、海の神など自然界の神々を生んで国の完成を目指すが、火の神を生んだ際の火傷が元でイザナミは死んでしまう。

イザナギは黄泉《よみ》の国からイザナミを連れ戻そうとするが失敗。イザナギが黄泉の国の穢《けが》れを落とすため禊《みそぎ》を行うと、天照《あまてらす》、月読《つくよみ》、須佐之男《すさのお》の3人の神が生まれた。天照は高天原を治めたが、須佐之男の暴挙に怒って天の岩屋に閉じこもり、天地は真っ暗になる。神々は智恵をめぐらし、天照を表に出すことに成功。

高天原から追放され地上に降りた須佐之男は、これまでの行いを改め、大蛇の怪物ヤマタノオロチを退治するなど大活躍する。その子孫・大《おお》国主《くにぬし》は葦原中津国の主となり、実り豊かな「瑞穂の国」をつくりあげる。大国主は完成した国を天照の孫・爾爾芸命《ににぎのみこと》に譲る。爾爾芸命の子・山幸彦と豊玉姫の孫が、神武天皇である。

さらに中・下巻では、神武から推古天皇までの時代がヤマトタケル伝説など数々の神話とともにつづられている。

平安末期

# 今昔物語集

編者未詳

質量ともに充実した日本説話文学の最高峰

全31巻、1059本の説話を収録した日本説話文学の最高峰。天竺《てんじく》(インド)部、震旦《しんたん》(中国)部、本朝《ほんちょう》(日本)部の三部構成で、さらに仏教の歴史と霊験を説く仏法部と、俗世を描く世俗部とに分けられる。

「石壁寺の鳩が人に生まれ変わった話」

昔、中国の併州の石壁寺という寺に1人の老僧が住み、法華経と金剛般若経を毎日欠かさず読んでいた。

ある時、僧房の軒の上に鳩が巣を作り、2羽の雛《ひな》を産んだ。老僧は雛をかわいがり、食事を与えた。雛は次第に成長していったが、まだ羽が生え揃わないのに巣から飛び立とうとし、2羽とも地面に落ちて死んでしまった。老僧は悲しんで雛の亡骸《なきがら》を丁寧に埋葬してやった。それから3カ月ほど後、老僧の夢に2人の子どもが現れた。

「私たちは前世で罪を犯したため鳩の子に生まれ変わりました。あなた様のお陰で成長することができましたが、巣立つ際に地面に落ちてしまいました。しかし法華経と金剛般若経を聞いていた功徳により、この度、人間として生まれ変わることになりました。寺から十里ほど離れた村の、ある家に生まれようとしています」

10カ月ほど後、老僧は夢の真偽を確かめるため村に向かった。聞けば、最近、ある家の若い女が双子を生んだとか。その家に行くと2人の幼い男の子がいた。老僧が2人に「お前たちはわしの房にいた鳩の子か」と聞くと、2人とも神妙な顔付きでうなずく。

老僧は夢が本当であったことを確信し、人々に事の顚末《てんまつ》を語った。皆涙を流して仏法の功徳をたたえたという。

平安中期

# 将門記

作者不詳

自らを新皇と名乗った平将門の顚末

『将門記』は、自ら新皇と名乗り天皇の地位を奪おうとした平将門の乱の顚末《てんまつ》を描いている。冒頭では、平将門《たいらのまさかど》は桓武天皇の5代末裔《まつえい》であり、高望王《こうもちおう》の孫であるが、親族間で常に争いがあり、その中は険悪になっていることが語られる。

　そのなかでも従兄弟の貞盛《さだもり》は、将門は騒乱を引き起こすが親族であり、直接の対決を避け親睦を結ぶのがいいと考えていた。一方、将門の伯父に当たる平良正《よしまさ》は、なんとか将門を討とうとしていた。そして、同じく伯父で兄弟の良兼《よしかね》を誘って将門に戦を仕掛けるが、敗れてしまう。

　そんな時、長男の扶を将門に殺された常陸の国司、源護《まもる》は朝廷に将門の悪行を訴える。これによって将門は取り調べを受けるが、年号が新しくなった大赦で釈放されてしまう。

　坂東に帰った将門は、良兼、良盛らと戦い勝利する。良盛は何とか京に逃げ朝廷に訴える。一方、将門は、武蔵の国をはじめ、常陸《ひたち》などに攻め入り、阪東《ばんどう》八カ国を手中に治めようとした。

　その時、一人の巫女があらわれ、八幡大菩薩は、将門に朕の位を授け奉ると預言する。これに自信を得た将門は新皇を名乗りだす。さらに、坂東八カ国の国印や鍵をすべて押収し、天子の位につく旨の書状を太政官に送った。

　これには京都の朝廷も大慌てになり、神仏に将門打倒の祈祷をするが、阪東では将門が良盛と藤原秀郷の首を狙っていた。窮地に追い込まれた良盛だったが、意を固めて、将門との決戦に挑む。最初は向かい風に押されていた良盛と秀郷であったが、風向きが変わり、放たれた鏑《かぶら》矢《や》が将門に当たった。

　その後、最後で将門が地獄で呻吟している様子が描かれる。決して悪行を神仏は許さない。

1692年（元禄5年）
# 世間胸算用　井原西鶴
金に振りまわされる庶民の悲喜劇をユーモラスに描く

『好色一代男』『日本永代蔵』で知られる元禄時代の浮世草子作者・井原西鶴の最後の作品。大晦日の一日に焦点を当て、金に振りまわされる町人たちの悲喜劇を面白おかしく描いている。

「門柱も皆かりの世」

当時の商習慣は掛売り掛買いが中心で、大晦日はその精算日。借金取りが押しかける商家の主人が、店先で包丁を研ぎながら、なにやらつぶやいている。「人の気は知れぬもの。今にも腹の立つことができて、自害する時の役にも立とう」

戸口を鶏が歩いてくると、「死出の門出の血祭りだ」と言って首を切り落としてしまう。掛け払いの精算を求めてきた借金取りたちは、これを見て怖気《おじけ》づき、みんな帰ってしまった。残ったのは18、19の青年ひとり。青年は材木屋の丁稚《でっち》だった。

「狂言は終わりましたね。では当方の代金をいただいて帰ります」「狂言とは何事だ」「この忙しい中、無用の狂言自殺と見ました。とにかく取らねば帰りません」

主人が頑として拒むと、青年は、「わかりました。払っていただけないなら、普請に使った材木はうちのもの。かわりにこれを取って帰ります」と店の門柱を大槌《おおづち》で打って外そうとする。店を壊されてはたまらんと、泣く泣く主人は借金を払うことになった。最後に若者は言う。

「狂言自殺はもう古い。今度は女将《おかみ》さんと打ち合わせて夫婦喧嘩のふりをしなさい」と細かい手口を指導。夫婦はさっそく若者に教わった手口を使い始め、「大宮通りの喧嘩屋」と呼ばれるようになったという。

南北朝時代

# 曾我物語

作者未詳

父を殺された兄弟の仇討ち物語

平安時代の末、伊豆の伊東に工藤太夫祐隆という武士がいた。祐隆の息子はみな死んで後継ぎがいなかったため、自分が後妻の連れ娘に生ませた子に、伊東祐継《すけつぐ》の名を与えて家を継がせる。一方、死んだ長男の息子には、河津次郎祐《すけ》親《ちか》と名乗らせて河津の庄を与え、祐隆は世を去る。

やがて祐継は病の床につき、祐親に「息子の金石をあなたの娘と結婚させて伊東と河津を守らせてくれ」と言い残して世を去る。しかし祐親は、直系の孫である自分が伊東家の当主となれなかったことを不満に思っていたため、祐継との約束を反故《ほご》にして、伊東と河津の両方を横領する。

元服して工藤祐経《すけつね》となった金石は怒りを募らせ、河津祐親の暗殺を図る。矢は祐親の子の河津祐通(祐泰とも)を射抜く。祐通には幼い2人の息子がいた。母親は「大きくなったら祐経を討ちなさい」と語り聞かせ、幼い兄弟を連れて曾我家の後妻となる。その直後、伊豆に流されていた源頼朝が決起して平家を討つ。祐親は自害。工藤祐経は頼朝の側近として活躍する。

一方、祐通の子は成長し、曾我十郎祐成、五郎時致《ときむね》となる。母親は「時代は変わった。敵討ちしてはなりません」と諭すが2人の決心は固く、幾度も失敗を重ねた後、ついに祐経を討つ。頼朝は兄弟の豪胆さに感心し、生き残った五郎を許そうとするが、「そのようなことをしたら今後も狼藉《ろうぜき》が絶えません」という部下の言葉に従い、五郎を処刑する。

この物語は、曾我兄弟の死後すぐから、盲目の語り部によって語り広められ、のちの芸能・文学に大きな影響を与えた。

1703年(元禄16年)

## 曾根崎心中

実在した心中事件をもとにした世話浄瑠璃

近松門左衛門

徳兵衛は実の叔父・九右衛門の営む醤油問屋で手代をしていた。九右衛門は誠実に奉公する徳兵衛に店を継がせようと、親類の娘との縁談を勝手に決めてしまう。ところが徳兵衛には天満屋で働く遊女・お初という恋人がいた。縁談を断ると、九右衛門は怒り出し、徳兵衛に勘当を言い渡す。さらに、持参金としてすでに徳兵衛の継母に渡した銀二百貫も返せと徳兵衛に迫った。

徳兵衛はやっと銀二百貫を取り戻すが、そこに兄弟のように付き合っていた友人・九平次《くへいじ》が現れ、金を貸してくれと頼み込む。九右衛門との約束の期日までは数日の余裕があったため、徳兵衛はそのまま金を貸してしまう。期日が迫り、金を返してもらおうと問いつめると、九平次は「金を借りた覚えはない」と言い出す。挙げ句に偽の借用書で人をだますつもりかと大勢の人の前で徳兵衛を泥棒扱いする始末だった。

天満屋で噂を聞いたお初が心配していると、徳兵衛が人目を忍んで訪ねてきた。お初は他の人に見つからないように縁の下に徳兵衛を導き隠す。そこへ今度は九平次が仲間とともに客としてやってきて、大声で徳兵衛の悪口を言い出した。縁の下で徳兵衛は怒りに震える。

お初は九平次に「徳兵衛さんは死んで身の潔白を証明するはず」と言いながら、足先で縁の下の徳兵衛にその覚悟を確かめ、自分もともに死ぬことを伝える。

そしてその晩、2人は天満屋を抜け出し、互いに手を取り合って曾根崎の森まで行く。そこで徳兵衛は脇差しでお初の咽《のど》を刺し、自らの命も絶つのだった。

室町時代

# 太平記

作者未詳

南北朝動乱の時代を描いた大河物語

鎌倉時代末期から足利幕府成立までの南北朝動乱時代を描いた、全40巻の長大な軍記物語。全体は3部に分けられる。

《第1部》鎌倉時代末期、幕府の政治は乱れていた。元徳2(1338)年、後醍醐天皇は倒幕に向けて動き出す。楠木正成《くすのきまさしげ》の助けを得るが捕らえられ、隠岐《おき》島に流罪となる。倒幕を鎮めた幕府は光厳天皇を即位させるが、執権・北条高時は遊興に明け暮れ、幕府の腐敗は進む。

元弘2(1332)年、楠木正成が再び挙兵。幕府は西国支配の拠点である六波羅探題の防衛のため、関東から足利尊氏《あしかがたかうじ》率いる大軍を送るが、尊氏は途中で後醍醐方に寝返り、六波羅探題を攻め落とす。一方、関東では新田義貞が倒幕の兵を挙げ、幕府は滅亡。後醍醐天皇は京に戻り、公家一統の世となる。

《第2部》しかし新政権はさまざまな問題を抱えて武士の支持を得られなかった。これに乗じて北条の残党が鎌倉を占拠すると、京にいた尊氏は自ら願い出てこれを鎮め、鎌倉にとどまって新幕府への布石を始める。尊氏を恐れた天皇は、新田義貞を大将軍とする討伐軍を派遣するが、尊氏は義貞を撃破、楠木正成を自害に追いやり、大軍を率いて京に入る。後醍醐天皇は比叡山で抵抗を続けるがついに敗れ、吉野に脱出して南朝を興す。京では光厳天皇の弟・光明天皇が即位し、南北朝時代が始まる。

《第3部》尊氏は光明天皇から征夷大将軍に任ぜられ、室町幕府を開く。尊氏は実務を弟の直義に任せていたが、幕府内で尊氏派と直義派の対立が高まり抗争が続く。これに乗じて南朝も盛り返し、混乱は尊氏の孫の義満が将軍となるまで続いたのだった。

平安前期

# 竹取物語

作者未詳

日本最古の物語

昔、竹を伐って暮らす竹取の翁《おきな》とその妻がいた。ある日、翁が竹林に行くと、一本の竹の根元が光り輝いている。不思議に思って割ってみると、中には小さな女の子が眠っていた。子どものない夫婦はその子を育てることにした。女の子は見る間に大きくなり、3カ月ほどでこの世のものとは思えないほど美しい年頃の娘へと成長する。娘は「なよ竹のかぐや姫」と名付けられた。

世の若者たちは、競ってかぐや姫を嫁にとろうと日夜を問わず翁の家に集まってきた。中でも熱心だったのが、身分の高い5人の男たち。翁はかぐや姫にその中からひとりを選ぶことを進言する。すると、かぐや姫は「私が欲しいものを持って来ることができたら」と言い、石作《いしづくり》皇子《のみこ》には仏《ほとけ》の御石《みいし》の鉢を、車持皇子《くらもちのみこ》には蓬莱《ほうらい》の玉の枝を、阿部の右大臣には火鼠《ひねずみ》の皮衣《かわごろも》を、大《おお》伴《とも》大納言には龍の首の玉を、そして石上中納言《いそのかみ》には燕《つばめ》の子安貝をそれぞれ言い渡した。いずれの品も、手に入れるのは難しい伝説の宝物ばかり。

苦心の末、石作皇子は普通の鉢を持っていき、車持皇子は職人に玉を作らせ偽物とばれる。燃えないはずの火鼠の皮衣も、火を付けると灰になる。大伴は嵐に遭って諦め、石上は貝を取る途中で腰を打って絶命。誰ひとり成就する者はなかった。

そして旧暦の8月。姫は夜ごと泣くようになり、翁が問いただすと自分は月の者で15日には迎えが来ると言う。姫を見初めた御門《みかど》が軍勢を送って対抗するが、月からの迎えに何ひとつ手を打つことはできず、姫は月へと帰って行った。

鎌倉時代

# 徒然草　吉田兼好

「つれづれなるまま」に綴られた随筆文学の傑作

《序》　退屈なので一日中、硯《すずり》の前に座って、心に浮かぶあれこれをとりとめもなく書き綴っていると、だんだんと妙な気持ちになってくる。

《第一段》　この世に生まれると、こうありたいと思うことは多いものだ。帝の位は畏れ多いが、皇族方は末葉まで血脈が我々一般人とは異なっている。また摂政関白はいうまでもなく、皇族の警備の人まで、朝廷から頂いた身分を持つ人は、たとえその子供や孫が零落しても、どこかしら優雅に見える。

それより下の身分の人は、たまたま幸運が重なって役職に就き、自分では偉くなったつもりでいるが、つまらない。

うらやましくない最たるものは僧侶である。「人には木の端くれのように思われている」と清少納言が書いているのももうなずける。僧侶が世間的な名誉に執着するのは見苦しく、増賀《ぞうが》上人がいうように仏の教えに背くものだ。むしろ世捨て人の方が、かえって好ましいところがある。

人は姿や立ち居振舞いが美しいことが望ましいが、いつまでも一緒にいたいのは、話をして不愉快でなく、愛嬌があって口数が多くない人である。立派に見えても、本性が下劣な人にはがっかりする。

家柄や容貌は生まれつきだが、人品は努力次第で変えられる。ただし外見や人品がよくても、教養がないと、下品な人に言い負かされてしまう。やはり本当の学問、漢詩、和歌、音楽に通じ、朝廷の典礼やまつりごとにも人の手本になるような人が理想だ。また筆が達者で、歌がうまく、酒も適度にたしなめる。そんな男がよい。

1802～1822年（享和2～文政5年）

## 東海道中膝栗毛

弥次喜多コンビが繰り広げる抱腹絶倒の珍道中記

十返舎一九

弥次郎兵衛と喜多八の2人は、あちこちの名所を見て回ろうと家財一式売り払い、上方へと旅立つ。

見栄っ張りでおっちょこちょいの2人は東海道の行く先々で、ヘマをやらかし問題を起こす。宿に泊まれば、飯盛女や同宿した女にちょっかいを出し、夜ばいをかけては失敗を繰り返していく。

小田原宿では五右衛門風呂の仕組みがわからず、浮かせてあった底板をふたと間違えて取ってしまう。底が熱いため下駄を履いて風呂に入り、足を踏み鳴らしてとうとう風呂釜を壊してしまった。もちろん修理代はしっかりと払わされる。そこで一首。

「水風呂の釜を抜きたる科《とが》ゆえに　宿屋の亭主尻をよこした」（尻と釜は男色を表す隠語。また、「尻をよこす」は面倒なことを押し付けるの意味）

日坂宿《にっさかしゅく》では、弥次郎兵衛が同宿した若い巫女の布団に潜り込んで口づけする。しかし、実は先に潜り込んでいた喜多八だった。しかも先によろしくやっていたはずの喜多八が若い巫女と思っていたのは婆さんの巫女だった。そしてまた一首。

「いち子（巫女のこと）とぞ思ふてしのび喜多八に口をよせたるごとぞくやしき」（巫女が死者を呼ぶ「口寄せ」との掛言葉）

こうしてどんな失敗も2人は明るく歌や洒落にかえて笑い飛ばし、旅を続けていく。大阪に着き、旅費が底をついても、2人の大らかさにほれた豪商に金を工面してもらい、草津や長野に立ち寄りながら江戸へ帰ってゆくのだった。

1825年（文政8年）初演

# 東海道四谷怪談

夫に毒を盛られて殺されるお岩の怨念を描く狂言

鶴屋南北

仕えていた主君が城内で刃傷事件を起こし、浪人となった民谷伊右衛門《たみやいえもん》。彼の妻＝お岩は評判の美人姉妹の姉だったが、父親は伊右衛門の不忠を咎《とが》め、お岩を実家に連れ戻す。さらに過去の罪を咎められた伊右衛門は、口封じのために父親を殺害してしまう。

同じ頃、直助《なおすけ》という小者はお岩の妹・お袖に横恋慕し、その夫・与茂七《よもしち》を殺していた。伊右衛門と直助は旧知の仲。互いに示し合わせ、姉妹に父親と夫の仇討ちをする代わりに一緒に暮らす約束をさせる。

お岩はその後しばらくして子どもを産むが、産後の肥立ちが悪く、病気がちになってしまう。伊右衛門はお岩を疎んじるようになっていた。

そこに裕福な隣家から「お岩と別れて娘の梅と結婚してほしい」と誘われ、伊右衛門はお岩に毒を盛る。

まぶたが腫れ醜い顔に変わるお岩。櫛《くし》で髪をとけばごっそりと髪が抜け落ちる。夫の再婚と企《たくら》みを知ったお岩は、嫉妬と恨みに悶《もだ》えながら絶命してしまうのであった。

その夜、伊右衛門はお梅と祝言を挙げる。床入りし、振り向かせた女の顔は醜いお岩だった。一刀のもと首をはねる伊右衛門。ごろりと転がった首はお岩ではなくお梅の首だった。

一方、お袖のもとには死んだはずの与茂七が現れ、直助が殺したのは人違いだったとわかる。誤解とはいえ不貞の身となったお袖はわざと2人に刺されて死ぬ。やがて直助もお袖が実の妹だったと知り、自害して果てた。そして伊右衛門はお岩の亡霊に悩まされ続けながら与茂七に討ち取られる。

平安時代後期

# とりかへばや物語

作者未詳

女が男に、男が女になり騒動を巻き起こす

その昔、権大納言で大将でもある男がいた。人柄や世間の評判もよかったが、人知れず悩みを抱えていた。2人の妻がそれぞれ美しい男の子と女の子を産んだのだが、成長するにつれ、男の子は女の子のような、女の子は男の子のような性格になっていったのである。

人々も誤解し、女の子を若君、男の子を姫君と思うほどだった。本来の性とは逆のまま、どちらの才知・容貌もどんどんと評判を呼ぶようになり、とうとう帝までが女の子を若君と勘違いしたまま、早く朝廷に出るようにと迫る。

父親は仕方なく、女の子を元服させて侍従《じじゅう》として出仕させ、男の子を裳着《もぎ》（女の子の成人の儀式）させた。

やがて、若君（本当は女）に縁談が持ち上がる。父親は困惑するが、新妻となる相手には男性経験がなく、夜の生活もただ仲良く語り合えばよいだろうと、そのまま結婚させてしまう。姫君（本当は男）も女性の東宮（皇位継承する親王）に内侍として仕えるようになり、2人とも本格的な社会生活が始まる。

東宮に仕えているうちに男として目覚めた姫君（男）は東宮と男女の関係になる。一方、若君（女）も親友の宰相に妻と密通のうえ妊娠させられ、自身も女だとバレて関係し、妊娠してしまう。仕方なく宰相に匿《かくま》われて行方をくらますが、大将にまで出世していたから世間は大騒ぎとなった。

東宮を妊娠させた姫君（男）は男の姿に戻り、姉を探しに出かける。やがて再会した2人は正しい性別に戻ることにする。

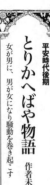

# 南総里見八犬伝

**1814～1842年（文化11～天保13年）**

滝沢（曲亭）馬琴

八犬士が敢然と悪に立ち向かうファンタジー

室町時代、南総・安房《あわ》の領主・里見義実に伏姫《ふせひめ》という娘がいた。彼女の側には体に8つの痣《あざ》がある八房《やつふさ》という大きな犬が従っていた。ある時、隣国に攻められた義実が八房に向かって「敵将の首をとれば伏姫を嫁にやる」と戯れ言《ざれごと》をいうと、八房は本当に敵の首をくわえて帰ってきた。

義実は一度は約束どおり伏姫と八房の結婚を認めたものの、娘を取り戻すために追っ手を出し、八房を殺してしまう。この時、すでに八房の子を宿していた伏姫も腹を割いて自害した。すると、伏姫の体から8つの珠が空高く飛び散っていった。

数年後、「犬」で始まる名前と体のどこかに牡丹のような痣、そして文字の浮き出る小さな珠を持つ子どもが生まれる。成長した彼らは運命に導かれるように巡り会い、互いを探し求めるようになった。

途中、妖怪や悪霊と対決するなど幾多の困難や別離もあるが、1人、また1人と集まっていき、とうとう「仁」「義」「礼」「智」「忠」「信」「孝」「悌」の8つの珠が揃い、ここに八犬士が集結した。彼らは伏姫を霊母に持つ義兄弟の契りを交わし、揃って里見家に仕えるようになった。

八犬士率いる里見軍は無敵の強さを見せ、近隣諸国を寄せつけない。功績をたたえ、彼らにはそれぞれ城と当主の娘が与えられた。やがて、八犬士の体から痣が消え、珠の文字も消えていった。

八犬士も山にこもり、隠居生活ののちに姿を消す。この頃から里見家ではお家騒動が持ち上がり、滅亡していった。

# 日本霊異記

810～824年ごろ（弘仁年間）

景戒

薬師寺の僧侶が描いた仏教説話

『日本霊異記』の正式名称は『日本国現報善悪霊異記』といい日本最古の説話集である。説話とは古くから伝わる物語のこと。

作者は薬師寺の僧侶の景戒《けいかい》で、当時の世相が、いやしい人ばかりになっていることを嘆いて、邪《よこしま》な道をすすむとどうなるか、因果の報いを世にも不思議な物語に託したものだ。霊異記は上・中・下の3巻で116の説話が入っている。

説話のひとつ「野ざらしの髑髏《どくろ》の縁」は、野ざらしになっている髑髏を祀《まつ》ったところ、その髑髏になった人物から御馳走をふるまわれる僧侶の話。髑髏でさえ、恩を忘れないという教訓である。

「智者、地獄行きの縁」は、僧・行基《ぎょうき》の悪口を言った智者が、地獄に落ち、3度も身体を焼かれ、その間違いに気づかされるという話。智者はその間違いに気がついて、生き返り、行基の後を継いで立派な僧侶になる。

「肉団子の縁」は、肉団子から生まれた女の子の話。彼女は成長すると、首と頭がつながって顎がなく、ヴァギナもなくセックスができない姿になってしまう。しかし、非常に聡明で仏門に入る。

だが、その姿をあざけるものがおり、さらには化け物だと殺そうとするものもいた。しかし、そのようなものには天罰が下り、逆に死んでしまう。そして、彼女は多くの人たちに仏の道を教え、多くの人を救う。

釈迦に寄進した長者の娘は10個の卵を産み、そこから10人の僧侶が誕生した。釈迦の誕生地の長者の娘は肉団子を生み、そこから100人が生まれ僧侶になった。日本にもそういう人はいるのだ、という説話である。

鎌倉時代

# 平家物語

作者未詳

武門の栄枯盛衰を描いた傑作物語

平安時代末期、保元・平治の乱で武功を重ねた平清盛は勢力を伸ばしていく。太政大臣になり、孫が幼くして安徳天皇となった時、その栄華は頂点を極めた。同時に平家一門の専横ぶりも目立つようになる。

この状況を打破すべくまず立ち上がったのは後白河法皇だった。

しかし、クーデターを企てるものの、事前に露見し幽閉されてしまう。次に彼の息子の以仁《もちひと》王《おう》が全国に雌伏する源氏に檄《げき》を飛ばし、自らも打倒平家の兵を挙げる。

以仁王自身は早々に戦いに敗れて死んでしまうが、全国各地の源氏が決起し平氏との抗争が始まった。

東国武士を動員した源頼朝軍と平維盛《これもり》を総大将とする征討軍は富士川を挟んで対峙《たいじ》する。しかし決戦前夜、征討軍は水鳥の羽ばたく音を敵の行軍と勘違い。一目散に逃げ出し、戦わずして敗れてしまう。

勢いづいた源氏率いる東国武士が京に攻め上るそのさなか、清盛は病でこの世を去る。

平氏政権は弱体化し、ついに木曾義仲の軍勢によって京を追われてしまう。その義仲も京で横暴を働くと、頼朝の弟である義経の軍に滅ぼされ、いよいよ源氏と平氏の最終決戦の時を迎える。

一の谷、八嶋(屋島)、志度《しど》の合戦に敗れ、壇ノ浦まで逃げ落ち、そこで最後の海戦を挑む平氏。激戦が続くものの時勢はすでに源氏にあった。追いつめられた平氏の武将は次々と自害。8歳の安徳天皇も神器《じんぎ》とともに、祖母の二位の尼に抱えられたまま海中へと沈んでいった。

平安時代

# 平中物語

作者不詳

平貞文をモデルにした歌物語

平安時代の中期、『伊勢物語』の在原業平と並ぶほどの色好みの人物として平貞文《さたふむ》がいた。この『平中物語』はその平貞文をモデルにした、恋愛模様の歌物語である。

主役は「この男」。この男は、ある女を取り合って負けた腹いせに、あることないこと帝の耳に入れているうちに、この男自身が、官職に疲れてしまい務めに来なくなった。帝も仕方ないので、官職を取り上げてしまった。

この男は、職がなくなったので、出家しようとするが家の者から止められる。しかし冬が迫ってきて職のない身が寂しくなる。正月から司召《つかさめし》（官職）につけるかと思っていたが、やはりだめだった。

そんな自分の身の上を歌に託し「声をたてて泣きながら身を隠してしまうつもりですよ」と、帝の母后の女房に送ると、女房たちが気の毒がって、帝に「かように申しています」と申し上げる。そして、お后もこの男の父が甥なので、とりなしをすると、帝は「宮仕えもせず、でたらめだということだから、懲らしめてやろうと思って官職を剝奪したのだ。もう思い知っただろう」と前の役目より、上級の役をくださったのだ。

この後は、この男と女の歌物語が綴られる。恋文を送っても返事をよこさない女との「歌合戦」、身分が高すぎる女への「長歌」の話、振られた女への「断念」した歌、特別な関係でない女との「桜問答」、噂に聞いて食指を動かした女との「ある恋のてんまつ」、お公家さんの娘から来ない文のことを書いた「たよれぬ不使い」、他にも「近江守の女」、「若菰《わかこも》の女」、「尼になる人」など、38の歌物語が綴られている。

鎌倉時代

# 方丈記

鴨長明

『枕草子』『徒然草』と並ぶ日本三大随筆のひとつ

人の世の無常を表現した「行く川の流れは絶えずして、しかももとの水にあらず」の序文で知られる中世随筆文学の傑作。

「世の中の人や家の運命は、川に流れる水や、現れては消えるよどみの泡のようにはかないものだ。都にはさまざまな身分の人の家が競い合うように並んでいるが、昔から残る家は数少ない。災害で壊れて建て直したり、大きな家だったのが貧乏になって小さな家になったりしている。人も同じで、昔も今も同じところに大勢の人が住んでいるが、昔からいる人は20～30人の中に1人か2人。朝誰かが死に、夕方には誰かが生まれる様子はまさに水の泡のようだ。どこから来てどこへ行くのか誰も知らない。人が、その短い一生をすごす仮住まいに、何を一喜一憂することがあるのだろうか。人と家とが無常を争う様子は、朝顔の花と朝露とが消滅の早さを争うようなものだろう」

このように冒頭で移り行くもののはかなさを語った後、最近の災厄についての記述が続き、後半は自ら建てた方丈（十尺四方）の草庵での生活が語られる。

「今の自分はこの閑寂の中に憂いなく暮らせるのが何よりの楽しみである。しかし、何事にも執心を持つなという仏の教えからすれば、この草庵での閑居を愛することとさえ、往生・念仏の妨げになるのだ」

「静かな明け方、自分の心に問いかけてみた。維摩居士《ゆいまこじ》のような方丈に住みながら、愚かな周《しゅ》梨槃特《りはんどく》の悟りにも及ばないのは、前世の因果か、それとも妄心のせいかと。しかし答えは見つからない。やむなく私は空念仏を唱え、その自問を打ち切った」

平安時代

# 枕草子

清少納言

女流随筆文学の傑作。その感性は現代にも通じる

《春はあけぼの》

春は明け方がいい。少しずつ白んでゆく山際や、少し明るくなって紫がかった雲が細くたなびいている様子がとても美しい。

夏は夜。月夜の美しさはいうまでもないが、闇夜も素敵。たくさんの蛍が飛び交うのも、1つ、2つの蛍が、ほのかに光を放つのもいい。雨が降っても趣がある。

秋は夕暮れ。夕日が山際に近づく頃、鳥がねぐらに帰るために、3羽4羽、2羽3羽と飛び急ぐのも面白い。まして雁などが列をなして、遠くへ飛んでいく様子も風情がある。日が落ちてからの風の音や虫の声の美しさは、あらためていうまでもない。

冬は早朝。雪の降る景色も素晴らしいが、一面に降りた霜の白さも美しい。また寒い日に、急いで火をおこして、炭を持ち運ぶ姿も季節感がある。お昼頃になって寒さが和らいでくると、火桶の炭がほとんど白い灰ばかりになっていくのはわびしい。

《ありがたきもの》

めったにないものは、舅《しゅうと》にほめられる婿。姑《しゅうとめ》にかわいがられるお嫁さん。毛のよく抜ける銀の毛抜き。主人の悪口を言わない召使い。欠点のない人。容姿、心、態度が素晴らしく、世間で活躍しながら、誰からも非難を受けることのない人。同じ所に奉公しながら、互いにわずかな隙も見せないことも、できるものではない。

物語や歌集を書写する時、元の本に墨をつけない人。立派な本は細心の注意を払って書き写すが、それでも汚れてしまう。

男女の仲はいうまでもない。女同士でも最後まで仲良くすることは難しいものだ。

# *Part2*
# 王道の日本文学

## 1947年（昭和22年）

# 青い山脈　石坂洋次郎

### 民主主義啓発にも一役かった偽ラブレター事件顛末記

浪人中の金谷六助が金物屋の店番をしていた時、女学校5年生の寺沢新子が米を売りに来る。六助は米をすべて買う代わりに新子に米を炊いてもらい昼食を共にする。

ある時、新子に誤字だらけのラブレターが届いた。いたずらだと感じた新子は、若い英語教師の島崎雪子に手紙を見せる。新子には、同じ汽車で通学する男子生徒と手紙のやりとりやデートをし、前の学校を退学させられた過去がある。そうした自分に嫉妬した者の犯行だと、新子は話す。

雪子は、手紙の筆跡から松山浅子という生徒が書いたことを突き止め、授業中に「学校のためという名目で人を試すのは間違っている」と手紙の件を持ち出して言う。すると、浅子はじめ複数の生徒が「5年生全体を侮辱した雪子の謝罪を要求する」と校長室に押しかける始末に。校長は雪子に「生徒に対し釈明を」と説得するが、男女の健全な交際すら否定するような悪習は打ち破るべき、と決心していた雪子は断固拒否。雪子と新子の立場は悪くなる。

ふたりの味方となったのが、金谷六助とその友人富永安吉、女学校の校医沼田医師。手紙事件は新聞沙汰になり、雪子が生徒の民主化運動を抑制していると書かれて事態は理事会に持ち込まれるまでに。だが、審議の後に生徒と雪子のどちらが正しいかの投票をした結果、圧倒的多数で雪子が支持を得た。

雪子非難の声は鎮まり、やがてある出来事がきっかけで新子と浅子も和解。そして夏休みの後、沼田医師宅に雪子と六助、新子、富永が集う。その日沼田医師は雪子にプロポーズし、受け入れられた。

1934年（昭和9年）

## あにいもうと　室生犀星

深く愛しあいながらも、傷つけあい生きていく兄と妹

川仕事をするためだけに生まれてきたような赤座には、3人の子どもがいた。28歳の長男・伊之は一人前の石屋だが、女出入りが激しいうえに金を稼ぐとすぐに遊びに行ってしまう。すぐ下の妹・もんは、下谷の檀塔寺へ奉公中に学生の小畑との間に子をはらんだ。ところが小畑は故郷へ帰ってしまい、子どもは死産に。落胆した彼女は奉公先で次々と男を作る始末。実家へ帰ってきても自分は寝そべったままで、母親のりきをアゴでこき使う有様だ。

1年後、もんが働きに出ている間に赤座の家を小畑が訪ねてきた。小畑は赤座に威圧されながらも、費用を負担することで償いたい旨申し入れる。もんの妊娠中に味わった、「娘が誰かにおもちゃにされた気分」を思い出した赤座は、小畑を殴ってやりたいとも思ったが、そんな気持ちを抑えて小畑に引き取ってほしいと言い残し、職場である川へ戻っていった。小畑はりきに金の包みを無理矢理手渡し、自分の住所を残して去っていった。

その小畑の姿を、たまたま帰ってきた伊之が発見。もんの男であることを知って癇癪《かんしゃく》の虫が騒ぎ出した。小畑の後をつけた伊之は、その頬を平手で打ち、蹴飛ばした。

1週間後に帰ってきたもんが、この事実を伊之の口から聞くと、血相を変えて怒り出した。そして伊之につかみかかり目尻から頬にかけて引っ掻き、兄を「極道野郎」と決めつけた。そんなもんに、母親のりきは「おまえは大変な女におなりだね」と言い、小畑の名刺を見せる。もんはしばらく見つめていたが、それを静かに引き裂いた。

# 或阿呆の一生

1927年（昭和2年）

知られざる苦悩が描かれた芥川の遺書的作品

芥川龍之介

この小説は、芥川の死後発見された短編である。序文には、作家で友人の久米正雄にあてた文章がある。ここには、この小説を発表するか、どうかはすべて君にまかせるという内容と、自己弁護は一切ない文章であることが綴られ、「この原稿の中に僕の阿呆さ加減を笑ってくれ給え」と結ばれる。

いわゆる遺書的作品を匂わせている。

短編は、一「時代」、二「母」、三「家」、四「東京」から、五十一「敗北」と五十一の小片に分かれている。そして、九には「死体」、十三には「先生の死」、二十八には「殺人」、三十八には「復讐」という項目があり、さらには四十四と四十八には「死」という項目がある。

芥川は服毒自殺をした。享年36。

四十八の「死」の内容は、

「彼は彼女とは死なななかった。唯未だに彼女の体に指一つ触っていないことは彼には何か満足だった」と書かれる。

そして最後の五十一の「敗北」には、

「彼はペンを執る手も震えだした。のみならず涎さえ流れだした。彼の頭は〇・八のヴェロナアルを用いて覚めた後の外は一度もはっきりしたことはなかった。しかもはっきりしているのはやっと半時間、一時間だけだった。彼は唯薄暗い中にその日暮らしの生活をしていた。言わば刃のこぼれてしまった、細い剣を杖にしながら」

で終わっている。芥川自身が悩める内面を赤裸々に告白している。そして、これが、彼の遺書的作品と言われる所以《ゆえん》である。ここで書かれているヴェロナアルは睡眠薬だ。芥川は致死量の睡眠薬で自殺した。

1919年（大正8年）

# 或る女　有島武郎

自我に目覚めた女性の奔放な生きざまを描く

葉子は19歳で最初の夫・木部と出会うが、すでに何人もの男に恋をし向けられて、その囲みを手際よく繰りぬけながら自分の若い心を楽しませていく手練手管を十分に持っていた。15の時に袴《はかま》を紐《ひも》で締める代わりに尾錠《びじょう》で締めて女学生の間での流行をリードし、「その紅い唇を吸わして首席を占めた」と、厳格で通っている米国人の老校長に思いもよらぬ浮き名を負わせた。

また上野の音楽学校に入りヴァイオリンの腕を上げたものの、教師のひとことでヴァイオリンを窓の外に放り投げ、そのまま退学してしまった葉子。多くの男を吸い寄せてはもう一歩のところでつき放してきたが、木部との恋には燃え上がる。しかし結婚後わずか2週間で気持ちは冷え、2カ月で破局。しかしこの時、葉子は木部の子を宿していた。

3年がたった。両親は亡くなり、葉子はアメリカにいる婚約者・木村のもとへ旅立つ。しかし、船中で野性的な事務長・倉地の情熱に惹かれ、シアトルに着く直前に関係を持つ。そして葉子は下船せず、そのまま日本に帰国する。ふたりの関係は新聞沙汰となり、世間から孤立するが、婚約者も子も捨てた葉子と、家庭を顧みない倉地の情熱は燃え上がる一方だ。

やがて会社を追われた倉地は、スパイ行為で生計を立てるようになる。倉地の心は荒《すさ》んでいき、警察にも目を付けられた彼は葉子にも黙って失踪。そして葉子もまた健康を害し、次第にヒステリックになっていく。医師の説得で葉子はようやく手術を受けるが、その直後に容態は激変。病室に「痛い痛い痛い……痛い」という悲痛な葉子の叫び声が惨《いた》ましく聞こえ続けた。

# 杏っ子

**1957年（昭和32年）**　室生犀星

芥川龍之介や菊池寛が実名で登場する自伝的小説

金沢の貧乏足軽が女中に手をつけて生まれた平四郎は、生後すぐに住職夫妻の養子に出された。養母の横暴に不幸な幼年時代を送った平四郎は、21歳で上京、30歳で詩人・小説家として世に出るまでになった。

筆一本で生活できるようになった34歳の頃に、妻・りえ子との間に長女である杏子が誕生した。だが直後の関東大震災で、一家は父の故郷である金沢で暮らすことになった。

杏子が13歳になった年、一家は再び東京で暮らすようになる。金沢の家と蔵書の売却代金を元手に、当時「文士村」と呼ばれた馬込に家を新築。杏子はすくすくと育っていく。だが杏子が女学生になると妻のりえ子は脳溢血で半身不随になり、杏子が19歳を迎える年には第二次大戦が勃発。一家は軽井沢で耐乏生活を送ることになる。

3度の見合いの後、軽井沢での疎開時代に知り合った漆山家の亮吉と結婚した杏子だが、無名作家の亮吉が平四郎への劣等感を強めるのを目の当たりにして、夫への幻滅を感じるようになる。

平四郎邸で杏子夫妻が父と同居していたある日、酒に酔った亮吉は杏子の弟・平之介と共に庭を壊してしまう。これがきっかけで杏子夫妻は父の家から退去を余儀なくされる。

やがて杏子は、単身で父の元へ戻ってくるのであった。成り行きを見守っていた平四郎。ついに杏子は、けじめをつけるために夫に手紙を書くのであった。

平四郎は犀星自身が、杏子は娘・朝子がモデルとされる。

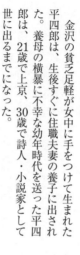

## 暗夜行路

1937年（昭和12年）

志賀直哉

苦難に満ちた日々の果てに辿り着いた静寂

子どもの頃、時任謙作は兄弟の中でなぜかひとり父から冷遇され、母が亡き後は祖父の家に引き取られた。そこで謙作は祖父の妾《めかけ》で母親がわりのお栄を好きになっていく。祖父亡き後、謙作は父から送金を受けつつお栄と暮らし、文学をやろうと努力。しかし失恋やお栄への思慕、仕事のゆきづまりなどから生活は乱れていくばかり。

そんな自分に愛想を尽かし、謙作は尾道へと旅立ったものの、孤独の中でお栄への思いが募り、結婚の申し込みを決意。そこで兄である伸行に手紙を書くが、その返事でお栄が結婚を断ったこと、そして自分が祖父と母との間に生まれた不義の子であることを知る。

体調を崩して帰京した謙作は、安らぎを求め京都に移り住み、一目惚れした直子と結婚。幸せな日々を味わうものの、朝鮮に渡っていたお栄が無一文になったという知らせが届き、謙作は朝鮮へ。その留守中、直子は従兄と過ちを犯してしまう。謙作は許すがわだかまりは解けず、直子はことあるごとにそれを実感する。

謙作は一人、伯耆大山《ほうきだいせん》に旅立つ。静かな生活は謙作の気持ちを落ち着かせる一方で、慣れない食事に身体は弱り、大山への夜行登山に出る日に激しい下痢を起こす。山で一夜を明かした謙作は自身が大自然に溶け込んでいく心地よさを覚える。自力で下山し大腸カタルと診断された謙作のもとに駆け付けた直子。変わり果てた姿に胸を痛める直子を、謙作は今までにない柔らかな愛情に満ちた眼差しで見詰める。直子はこの人はもう助からないと感じながらも、自分は何処までもこの人について行くのだ、と思い続ける。

1909年（明治42年）

# 田舎教師

田山花袋

志半ばで病に倒れた薄幸の青年

中学を卒業した林清三は、親友の加藤郁治の父親のはからいで、埼玉県羽生《はにゅう》の小学校に教師として赴任する。学生時代の仲間には上京した者や高等師範を受ける者もおり、彼らをうらやみながら、清三は自分が田舎の教師で終わってしまう気がしていた。

清三は学生時代の仲間と同人誌「行田《ぎょうだ》文学」を発行。しかし同人誌は4号で廃刊、仲間たちからは文学への情熱が失われ、女遊びや芝居見物にはしゃぐようになっていく姿を清三は寂しい心で見つめる。

冬休み、実家に帰省した清三は、郁治を訪ねた折に、ひそかに慕っていた美穂子と郁治が親しく文通をしていることを知り、恋愛も学問修行も消極的になる一方の自分をつらく感じる。しかし「自己を尽くし潔く運命に従おう」という心境になる。

学校の宿直室に引っ越した清三は、絵やオルガンに親しむ時間が多くなり、行田の友人とも疎遠になる。廓で出会った女に入れ揚げるが、半年後に女は身請けされて去って行き、清三は大きな衝撃を味わう。教師となって3年目には上野の音楽学校を受験するも失敗。

羽生に帰った清三は、虚しく寂しい生活から立ち直ろうとする。過去を葬り教え子たちを愛し、健康と金銭を取りもどし、野心を捨て両親の老後の面倒を見、昔の友情も復活させようとする。しかし、その時既に清三の体は病気に侵されつつあった。

次第に衰弱しやがて寝たきりとなり、医者に行くと肺病で手遅れだと診断が下される。その年の秋、世間が日露戦争の快進撃に沸く中で、清三は寂しく死んでいった。

# 陰獣

1928年（昭和3年）

江戸川乱歩

一転、二転、三転する妖艶な乱歩ワールド

探偵小説家の私（寒川）は、ある秋に博物館で小山田静子に出会う。静子は美しくか細いが、妖艶であった。私は静子に惹かれてしまう。小山田静子は実業家・小山田六郎の妻であった。

それから数カ月後に、私は静子から相談を受ける。相談の内容は、探偵小説家の大江春泥から脅迫の手紙が来たということであった。そして、その手紙には、陰獣のように小和田家に忍び込んだとしか思えない、静子の夜の営みが詳細に書かれていたのだ。

大江春泥は、犯人の心理をグロテスクなまでに描き狂気的な内容の小説を書く作家だった。それは科学的合理的推理を得意とする私とは真逆であった。その春泥は本名を平田一郎といい、昔、静子と付き合ったことのある人物だった。静子から手荒く振られ、逃げられた平田は、それを根に持って、彼女の居所突き止め、脅迫してきたのだ。そして二通目の手紙には小山田六郎を殺すと書かれていた。

その手紙を見せられた私であったが、春泥に、そこまでの行動力はないだろうと、高をくくっていたが、実際に事件は起こる。小山田六郎が死体となって川に浮かんだのだ。

警察とともに春泥を追いかける私であったが、行方はわからなかった。あるとき、春泥が忍び込んだと思われた屋根裏から、一つの飾りボタンが出てきた。しかし、そのボタンは春泥のモノではなく、小山田六郎のモノであった。

なぜ、六郎のボタンがそこにあったのか。謎は謎を呼ぶ。誰が犯人なのか、犯人は春泥なのか。そして、私の推理はある人物に行きついた。それは……。しかし、その推理は、私に苦悩と苦痛の日々を与えるものでしかなかった。

1909年（明治42年）

# ヰタ・セクスアリス

自然主義文学への諷刺として性欲的生活を赤裸々に描く

森鷗外

哲学者の金井湛《かねいしずか》君は、ドイツの性教育に関する研究報告書を読み、高校を卒業する息子にどう教えたらいいか考えた。そこで、自分の性欲的生活の歴史を書いて、見せられるかどうか試そうと筆を執った。

6つの時、おばさんと娘がまっ赤な顔をして本を見ていた。おばさんは絵の中の何かを指差し、なにかわかるかと尋ねてきた。足ではないかと答えると二人は大声で笑い、僕は侮辱された気がした。7つの時、近所のじいさんがお父さまとおっ母様が夜なにをするか知っているかと言った。僕は返事をせず、逃げるように通り過ぎた。

10になった。女の体のある部分を見たことがなかったので、勝という娘と着物の尻をまくって縁側から庭へ飛び下りる遊びをしたが、なんにもわからず失望した。14の時、悪いことを覚えた。しかし、人に聞いたように愉快でない。あとで頭痛がしたり動悸《どうき》がするのでめったにしなくなった。

20歳になった。自由新聞の三輪崎という詩人に、行きたくもないところへ連れて行かれた。中年増が反抗できないように僕を横にならせた。僕の抵抗力を麻痺させたのは性欲だった。この時から、女に対して顔が赤くなったり、言葉がもつれたりすることがなくなった。21になり、とうとう妻を持たずに洋行の辞令を受けた。

ここまで書いて、金井君は最初から読み返してみた。これを世間に出すのはむずかしい、わが子にも読ませたくないと思った。筆をとってラテン語でVITA SEXUALLIS（性的生活）と大書し、手文庫の中にばたりと投げ込んでしまった。

1951年（昭和26年）

# 浮雲

林芙美子

戦中・戦後の世の中を、強く悲しく生きる女の姿

昭和15年に静岡の高等女学校を卒業した幸田ゆき子は、上京して神田のタイピスト学校へ通い始めた。寄宿先は姉の夫の弟にあたる伊庭杉夫の家。ところが1週間目、ゆき子は伊庭に犯されてしまう。伊庭には妻がいたが、ゆき子がタイピスト学校を終えて農林省に勤めるようになってからも2人の関係は続いた。

昭和18年ベトナムへ農林省職員が出向することになった。ゆき子も転機を求めてタイピストとして同行を希望。ベトナムでの新しい生活が始まった。以前から現地へ赴任していた農林省の技師・富岡との出会いは、新しい愛をもたらした。

敗戦を迎え一足先に帰国する際、妻と別れてゆき子と一緒になるとまで言った富岡だったが、半年以上遅れて帰国したゆき子の電報に富岡は何の反応も起こさなかった。富岡を訪ねたゆき子は、農林省を辞めていた彼が以前の富岡とは違うことを悟る。

生きるため、ゆき子はアメリカ人専用の娼婦「オンリー」となった。しかし富岡はそれを承知で誘ってくる。富岡の仕事もうまくいかず、2人は伊香保温泉で心中を図るが、未遂に終わった。ゆき子をそこまで巻き込んだのに、富岡は伊香保にある飲み屋の女房に熱を上げる。そんな富岡に、ゆき子は愛想を尽かしてしまった。ところがゆき子は、このとき富岡の子を宿していた。

ゆき子は伊庭に借金をし子どもを堕ろし、彼の囲われ者として生きるようになる。しかし再び富岡が訪れ、その後2人は屋久島の営林局へ。富岡が仕事で山へ行った土砂降りの日、ゆき子は喀血《かっけつ》で死ぬのだった。

# 浮雲

**1891年（明治24年）**

二葉亭四迷

言文一致体で書かれた日本文学の先駆的作品（未完）

明治11年、15歳の春、父の死を機に内海《うつみ》文三は静岡県から東京に住む叔父の元に引き取られる。如才なく万事抜け目のない女房のお政《まさ》とその娘でやんちゃなお勢《せい》、腕白盛りの弟・勇と同居する。文三は役所の官員となるが、いつしかお勢に好意を抱きはじめ勤務中も思い続ける。ある月夜の晩、文三は遠回しに気持ちを打ち明けるが伝わらない。

某省に勤めて2年、蓄えもできた文三は年老いた母を呼び寄せ、一家をなしたいと考える。お政は文三とお勢を一緒にさせるつもりだったが、突然文三は諭旨免職《ゆしめんしょく》となってしまい、お政は途端に冷たくなった。

一方で、文三の同僚・本田昇は世辞が上手く、課長に取り入り免職とならずに済んだ。下宿が近いこともあり、昇は頻繁に文三を訪れお政とお勢にも気に入られていく。叔母の文三への嫌みや癇癪、昇との比較に立腹した文三は家を出ようとするがお勢への未練は残る。そんな時、お勢が文三をかばうため母親と議論したというのを聞き、文三は気を取り直し叔母に詫《わ》びを入れる。

しかし、昇が来て「復職のために課長に口をきいてやってもいい」と言った時、断った文三をお政やお勢も昇に荷担し3人で激しく彼を侮辱する。それが原因で文三とお勢はいさかいを起こし、文三は家の中で孤立してしまう。だが、一時は昇に好意を寄せていたかに見えたお勢は次第に昇と疎遠になり、逆に文三に優しくなる。どっちつかずのお勢の態度に快と不快との間で心を迷わせながらも、文三はとにかく自分へのお勢の気持ちを確かめ、だめなら断然として叔父の家を去ろうと決心した。

1918年（大正7年）

# 生まれ出づる悩み

芸術に向き合う若い才能を見守る隣人

有島武郎

札幌農大で教鞭《きょうべん》を執るかたわら文筆業をこなしている私は、滞りがちな原稿に向かう。寒さと寂しさを感じる中で、札幌で初めて出会った少年時代の君を思った。

抱えきれないほどの水彩や油絵を持ち込んで、見てもらいたいと君は言った。16～17歳の少年とは思えないほど不思議な感性を漂わせているている君に思いついたことを述べると、「じゃあ、また持ってきますすから見てください。今度はもっといいものを描いてきます」と言い残し帰ってしまった。

あれから10年。私は結婚し、3人の子の父となった。ある雨の日、君からスケッチ帳が届けられた。明らかに芸術家のみが描きうる、深刻な自然の肖像画。すぐ君に会いたくなった私は、1月の札幌へと旅立つ。

頭からすっぽりと頭巾のついた黒っぽい外套《がいとう》の大男。久しぶりに見る君の姿は、あの憂鬱な少年時代の面影などどこにもない、あまりにも力強いものだった。けれど心の中からわき出す寛大な微笑の影が暖かく、「なんという無類な完全な若者だろう」と感じる。

私たちは楽しい一夜を過ごし、生きていくために君は漁師の道を歩んでいること、けれど漁獲量が年々減少していること。そんな暮らしの中でも芸術的探求はやまず、鉛筆でのスケッチを続けてきたことを知る。

その後、君の乗った船が難破しかけたが、君は一命をとりとめた。にもかかわらず、自殺を考える君。人間は、なんだってこんなにも苦労をして生きていかねばならないのだろうかと私は思う。

1966年（昭和41年）

# 英霊の聲

## 2・26事件の英霊たちからの怒りの聲

三島由紀夫

私は、審神者《さにわ》の木村先生に誘われ「帰神の会」に出席して、降霊した人の聲《こえ》を聞くことになる。審神者とは霊が降りたかどうか見極める人。降臨する先は神主の川崎君。彼は事故で両目を失明し、以降霊眼がひらかれるようになった。

3月初旬のその日、川崎君に霊が降りた。彼は歌を歌いはじめる。喉元から発せられる声は彼の地声とは全く違う。青年たちの群衆の怒りと嘲笑を含んだ声だった。

そして、そこには日本を憂う歌が混じっていた。「外国の金銭は人らを走らせ」「人の値打は金よりも卑しくなり」「大ビルは建てども大義は崩壊し」「不朽の栄光をば白蟻どもは嘲笑ふ」。

この霊たちは2・26事件で決起し自害した青年たちの聲だった。そして、その後、新たな霊が川崎君に降りてきた。それは特別攻撃隊の英霊たちであった。決起した青年たちも特別攻撃隊の英霊たちも、結局は自らの思いを遂げることはできなかった。昭和維新は起こらず、日本は戦争に負けた。

それはなぜなのか、神風が吹かなかったからだ。それも天皇陛下の周りにいる佞臣《ねいしん》が天皇陛下に人間宣言をさせたからだ。神たる天皇陛下が人間になってしまったからだ。

英霊たちの聲を発する神主の川崎君の声は途切れ途切れになり、降臨した霊は興奮して川崎君の肉体を小突きまわす。それを審神者の木村先生は抑えようとするが静まらない。

英霊たちの聲はより激しくなる。そして、「などすめろぎは人間となりたまいし」が三度繰り返され、川崎君はそこに倒れ込んだ。さっと近づいて揺り動かそうとした木村先生だったが、ぱっと手を離した。彼は死んでいたのだ。

1921年（大正10年）

# 恩讐の彼方に

憎しみが和解に至る歳月を描く

菊池寛

安永3年秋、市九郎は主人の中川三郎兵衛の愛妾《あいしょう》お弓と恋に落ち、主人を殺し江戸を出る。市九郎とお弓は信濃から木曾にかかる鳥居峠で茶店を営み、夜は強盗を働くようになる。

3年目、市九郎は茶屋に立ち寄った若夫婦を待ち伏せて殺し金品を奪う。しかし、家に戻るとお弓は女の櫛やこうがいを奪い忘れたことに立腹し、自ら駆け出す。その浅ましい姿を見た市九郎は意を決して出奔、美濃大垣の浄願寺に駆け込み、了海と名乗り仏道修行に励む。

半年後、許しを得た了海は諸人救済の大願を立て諸国遍歴の旅に出た。享保9年秋、豊前の国に入った了海は、年に10人もの人が落ちて死ぬという「鎖渡し」という絶壁の難所があることを知る。了海は、二百間（約360m）にもなる絶壁に穴をあけ道をくりぬくことを決心、鎚《つち》とのみを手にひとり挑みはじめる。当初は嘲笑っていた村人だが、やがて作業に加勢しはじめる。だが難工事のため長続きせず、また了海ひとりに戻るのだった。

18年目の終わりに半分まで掘り進んだ時、村人は本気で了海を手伝うようになる。そんな時、かつて了海が殺《あや》めた中川三郎兵衛の息子・実之助が訪ねてくる。彼は19歳で仇討ちの旅に出て、9年目にようやくここへ辿り着いたのだ。しかし人間の残骸のごとき了海の姿を見て実之助の緊張はゆるむ。そして村人の懇願で了海の悲願達成まで仇討ちを待つことを決め、一刻も早い貫通のため実之助もともに働くようになった。

1年半後、ついに洞門は開通。了海は実之助の本懐を遂げさせようとするが、歓喜に泣くしなびた老僧の顔を見て、もはや実之助の殺意はあとかたもなく消えていた。

## 婦系図《おんなけいず》

**1907年（明治40年）**

泉鏡花

愛のための凄惨な復讐劇

早瀬主税《ちから》は、少年時代には「隼《はやぶさ》の力」と呼ばれたスリだったが、ドイツ語学者の酒井俊蔵に拾われて陸軍参謀本部の翻訳官を務めるようになる。

彼は柳橋の芸者「お蔦《つた》」と世帯を持つも、「最近の早瀬は女に溺れて仕事に身が入っていない」といわれ、お蔦と別れ故郷でドイツ語塾を開く。

酒井俊蔵には「妙子」という美しい一人娘がいる。幼い頃から妙子ときょうだいのように育てられた早瀬にとって、彼女は手の届かない「聖なる存在」だった。実は、妙子には酒井の若き日の過ちで、神楽坂の芸者との間に産まれたという過去があった。

一方、主税と別れたお蔦は間もなく肺を患い、最後には主税との仲を許した酒井の腕の中で息を引き取る。

そんな折、早瀬の友人で静岡の病院長・河野英臣の息子の英吉と妙子との縁談が進む。権威主義の河野家は、妙子の誕生の秘密を嗅ぎつけ、何かと因縁をつけようとする。

やがて、妙子に対して微妙な感情を抱く早瀬の心の中に河野一族への復讐心が芽生える。かつて名うてのスリであり、無頼の陰を秘める早瀬は、愛の柔軟性を踏みにじろうとする俗人へ鉄拳制裁を加えることを決意。静岡市久能山の山頂で、芸者の娘だというだけで妙子を破談にしたことを非難し、河野一族の女たちの醜聞や不貞を河野英臣に突きつけた。英臣は早瀬にピストルを突きつけるが、英臣の娘たちが早瀬をかばったため、英臣は妻を射殺。自らも脳天を撃ち貫き、娘たちも崖から身を投げた。その夜、早瀬も服毒自殺した。

## 女の一生　1933年（昭和8年）

山本有三

文字通り波瀾万丈の女の一生を活写

東京の女学校に通う御木允子《みきまさこ》が久しぶりに兄の下宿を訪ねると、幼なじみの江波昌二郎がいた。久しぶりの出会いである。在学中に外交官試験に受かりたいと語る昌二郎に、允子は親しみよりも愛に近いものを感じ、その日を境に2人は急速に親しくなった。

しかし昌二郎は外交官試験に合格したものの、允子の同級生・弓子と婚約してしまう。

女の一生は結婚だけではないと考えるようになった允子は、両親の反対を押し切って医学校へ進む。

ある日、子どもを背負って所帯じみた弓子を見た允子は、一瞬の優越感の後に自分のやっていることは男でもできることに気づき、自らの選んだ道について悩むようになる。

気分転換のために大島へ遊びに行く船上で、允子はドイツ語講師の公荘《くじょう》と恋に落ちる。父の死、母の上京、卒業、医師国家試験合格、病院への就職と允子の環境はめまぐるしく変化するが、充実した日々だった。

だが允子が公荘の子を身籠ったことを知ると、妻のいる公荘は金を渡して始末してほしいと懇願する。公荘に幻滅した允子はひとりで子どもを育てることを決意。公荘が結婚の意思を伝えた際も相手にせず、子どもを自分の籍に入れようという公荘の申し入れも断った。

時は過ぎ、公荘の妻が亡くなると、允子は公荘からの結婚の申し入れを受けた。その後2度目の出産をするも、子どもはインフルエンザで世を去る。

公荘との子・允男はすくすくと成長するが、共産主義思想に傾倒し、父母の元を去っていった。

**1922年(大正11年)**

# 海神丸　野上弥生子

女流作家がカニバリズムと真っ向から挑んだ衝撃作

大正5年に九州の港を出港した海神丸は、日向灘の近くで暴風雨に遭い漂流してしまう。風雨は何日も続き、食料は尽き果ててしまった。乗組員は、船長・小岩亀五郎以下4人。飢えは極限まで達している。

船員の五郎助の目には、亀五郎の甥《おい》・三吉少年の身体が食い物に見えた。そして同僚の八蔵をそそのかして、三吉に斧《おの》を振り下ろしてしまうのである。

水を汲《く》みに行ったまま戻らない三吉を探しに来た亀五郎は、三吉が持って出た桶《おけ》を船首付近で見つけた。

そして、亀五郎は三吉が殺害されたことを慄《りつ》然《ぜん》として悟る。

血みどろの死体を見た亀五郎の目に映ったのは、ばらばらになった三吉の手と足、そして引き裂かれた肉に、血染めになりながらむしゃぶりついている八蔵と五郎助の姿であった。

「おまえたちは生きながらにして、地獄の餓鬼道に堕《お》ちたんじゃ」

亀五郎は、2人を激しくののしった。

結局、三吉の遺体は海に投げ込まれた。やがて貨物船が近くを通り3人は救われたが、五郎助は良心の呵責《かしゃく》から発狂し、陸に上がる直前に死んでしまった。

亀五郎は役人に、三吉は病死したと伝える。その言葉を聞いて、我に返った八蔵は激しく泣きじゃくるのである。

高吉丸遭難事件という現実の出来事に基づいて執筆された本作。30代の女流作家がカニバリズムと真っ向から向き合ったことで、社会的にも大きな話題となった。

**1919年（大正8年）**

# カインの末裔

神に見放されし男の虚しき努力

有島武郎

　ある冬の夕暮れ、北海道の松川農場に、大柄な男が妻と乳飲み子を連れて流れ着いた。この地で小作人として働くことになる広岡仁右衛門《にえもん》一家が、どこから来たのかはわからない。

　しかし、仁右衛門は畑仕事はむろん、冬になると漁師や木こりとして働くほど仕事に精を出した。

　3年後には農場一の小作人になり、5年後には独立した農民に、そして10年後には広い農場を手に入れるという夢があったからだ。実際、仁右衛門の働きで生活はどんどん良くなっていった。

　ところがある時、彼が居酒屋で気持ちよく酒を飲んで帰ってくると、赤ん坊が赤痢で発病、あっという間に死んでしまった。さらに不運は続く。裸乗りの名手だった仁右衛門自慢の馬が、町の競馬に出場中に前脚を折ってしまう。

　もともと粗暴だった仁右衛門は、赤ん坊を亡くして以来ますます粗暴になっていった。農場の誰からも、援助の手はさしのべられない。それどころか、小作人たちからは農場を去ることさえ求められていた。強姦《ごうかん》事件が起きた時も、小作人たちは仁右衛門を疑った。

　秋の収穫も、まったくダメだった。小作料の払えなくなった仁右衛門は、農場主へ直談判に赴く。

　しかし、結果はひどい言葉で追い返される始末。もはや農場には、仁右衛門たちのいる場所がないのだった。

　やむなく仁右衛門夫妻は、人知れず農場を去っていく。大地から収穫を得られないように神から呪いをかけられたカインのように。

1938年（昭和13年）

# 風立ちぬ

堀辰雄

実在の婚約者へのレクイエム

避暑地の高原で私は節子という美しい少女に出会った。ある日、節子とともにいた時にふと「風立ちぬ いざ生きめやも」というポール・ヴァレリーの詩が口をついて出る。やがて父親が迎えに来て節子はいなくなり、私は生活の目途《めど》が立ったら彼女を娶《めと》ることを強く決心した。

春、胸を病んだ節子と私は婚約した。回復に近づいているように見えた節子は「私は急に生きたくなった、あなたのお陰で」と上ずった調子で言う。

私たちは八ヶ岳山麓のサナトリウムに移る。一番奥の真っ白に塗られた病室で、私たちの少し風変わりな愛の生活が始まった。2人きりで過ごす単調な日々は時間の感覚を失わせ、2人の気持ちを満ち足りたものにする。

夏、節子は暑さのために食欲を失い夜も熟睡できなくなる。サナトリウムの患者も増えるが、秋になるとその数も減っていく。10月、節子の父親が訪ねて来た後で彼女はかつてない激しい発作を起こし血痰《けったん》を出す。1週間ほどで節子は危機を脱し、私は少しずつ仕事を始めるようになる。

そして冬、私は2人の幸福を主題にした物語を節子の枕元で書き続ける。しかし結末だけは書けずにいた。12月に入ったある雪の日、家に帰りたいという言葉をつぶやき、私への愛の言葉としてそれを打ち消し、節子は死ぬ。

1年後の冬、節子と出会った村に私は戻り、山小屋を借りる。すべてを失ったことに悄然《しょうぜん》としていた私だったが、時がたつうちに私は今も節子の愛に支えられていることに気づき、生きる幸福を静かに味わうのだった。

1934年（昭和9年）

# 風の又三郎

宮沢賢治

生前未発表の、東北の風童神をモチーフとした作品

谷川の岸の小さな小学校。教室は一つで、生徒は3年生以外1年から6年生までいる。

夏休みが終わった朝、2人の1年生が教室に飛び込んで棒立ちになる。一番前の席に、おかしな赤い髪の子どもが座っていたのだ。そのとき、嘉助や佐太郎、耕助がどやどや登校し、がやがやと少年について話していたら、風がどうと吹いて教室のガラスが鳴り、山の木が揺れ少年が何だかにやりと笑ったように見えた。嘉助は「あいつは風の又三郎だ」と叫ぶ。

先生が来て、少年を高田三郎と言い、父親の会社の都合で上の野原の入り口に移って来たと紹介した。

数日後、6年生の一郎や嘉助たちは三郎と野原で競馬ごっこをして遊ぶが、1頭が柵を越えて逃げ、追いかけた嘉助は迷い疲れて草の中で眠ってしまう。すると鼠色の上着にガラスのマントを着、光るガラスの靴をはいた三郎が空へ飛び上がる夢を見た。

さらに数日後。川へ泳ぎに行き、子どもたちは鬼ごっこを始めた。三郎が鬼になってみんなをつかまえはじめた時、上の野原のあたりで雷が鳴り夕立がやってきた。どこからともなく「どっどど どどうど どどうど どどう……どっこどっこ又三郎」と聞こえてきた。三郎は一目散にみんなのところへ走り、叫んだのはおまえたちかと問う。みんなが否定すると、三郎は気味悪そうに川をみて体を震わせていた。

翌朝、夢の中で同じ歌を聞いた一郎は、ひどい風の中嘉助を伴い学校へ駆け付ける。そこで先生に、昨日は日曜だったので挨拶する暇もなく三郎は父の会社の関係で転校したと知らされる。

1929年（昭和4年）

# 蟹工船

小林多喜二

特高により拷問死した作者のプロレタリア文学代表作

函館からオホーツク海に向けて出帆した蟹工船・博光丸には14～15歳の貧しい子どもや、各地を食いつめた渡り者の漁船員などが乗っていた。蟹工船とはカニ漁で採ったカニを缶詰めにする工場船。彼らは雪の中、唇を紫色にして働き、仕事が終わると「糞壺《くそつぼ》」と呼ぶ不潔極まりない休憩室で体を休める。

監督の浅川は、人の死など何とも思わない非情な暴力的人間だ。ある日同じ蟹工船の秩父丸からSOSの信号を受けても「あんなものに関わったら1週間がフイになる。それに船には保険がかけてあるから沈んだらかえって得をする」と救助を拒んだ。

過酷な労働は船員の体をむしばみ、過労で倒れる者が出てきた。しかし、浅川は倒れた者には水をあびせかけ、病気の者も蒲団から引きずり出して働かせる。

やがて脚気《かっけ》にかかっていた漁夫が死ぬ。浅川は、その若者が嫌がっていた水葬を無理矢理実行、仲間たちの浅川への憎しみと団結心は高まっていく。

一致団結してのサボタージュは浅川を慌てさせ、弾をこめたピストルで彼らを脅す。

そんな時、大時化《しけ》の前兆が現れ彼らはストライキを起こし、仲間うちから出た9人の代表が浅川や船長などに要求と誓約書を突きつける。だが、9人は駆逐艦に連れ去られてしまう。

労働がますます過酷になった時、みなは「代表を出したのが間違いだった。俺たち全部が一緒になってやらなければ」と気づく。そして「このままでは殺されてしまう。死ぬか生きるかだ」と再び立ち上がったのだった。

1949年（昭和24年）

## 仮面の告白

三島由紀夫

同性愛癖に悩む青年を描いた自伝的作品

幼い頃、生まれた時の光景を覚えていると言っては周囲を困惑させていた「私」は、汚穢《おわい》屋《や》（便所の汲み取り）や地下鉄のキップ切りの、ある種投げやりな情緒に憧れを抱いていた。

13歳になった私は、父親が隠し持っていた画集にある聖セバスチャンの殉教図を見つけた。そして、その苦悶する肉体に激しく反応した末、初めてのオナニーを経験する。

さらに中学の同級生に恋心を抱き、彼の脇毛や「あの大きなもの」を目にできることに期待を膨らませてしまうのだ。

しかしその初恋もあえなく終わる。彼が放校処分になったためだ。そして私は、自分の性癖を知られまいとするため、女性に惹《ひ》かれる男の気持ちを研究するようになる。普通の男を演ずるようになったのだ。

大学生になった私は、友人の妹である園子という女性と付き合いのまねごとをする。彼女に接吻を試みるも、しかし何の快感も感じず絶望にうちひしがれる。園子との結婚話は立ち消えになった。戦争で死ぬという望みも、終戦によって絶たれた。

その後1年を法律の勉強に費やした私は、友人と娼婦《しょうふ》を買ったものの、肉体には何の変化もない。私の不能は確定した。恥が私の膝をわななかせた。

その後、人妻となった園子に偶然再会した私は、彼女とダンスホールで逢瀬《おうせ》を楽しむ。

だがとりとめのない会話を彼女と続ける一方で、私の目線は踊り場にたむろする逞《たくま》しい、入れ墨のある粗野な若者に惹きつけられてしまうのである。

# 機械

横光利一

**1931年（昭和6年）**

心理的葛藤の描写に、伊藤整と小林秀雄が絶賛

「私」が住み込むネームプレート工場の主人は、自分も貧しいくせに困っている者に金をやって忘れてしまう底抜けの善人である。当初、私はこの主人が「狂人」ではないかとさえ思っていた。そんな主人だから、おのずとこの家の中心は主人の細君になる。私は主人系の人間だから、イヤな仕事が一手に回ってくる。

一方で、一緒に働いている職人の軽部は、私がこの家の秘密を盗みに来たスパイだと疑っている。私にしてみればばかばかしいことなので、軽部を無視していた。

その後、軽部は工場が持つ特許の話を聞いて、それを私が盗むのではないかとますます私を疑いだした。

その頃、主人から「一緒に研究をやってみないか」と言われた私は、誰も入ることの許されなかった暗室へ自由に出入りする権利を得た。これに腹を立てた軽部が、私に難癖をつけてしつこく殴ってくる。

けれど軽部は化学方程式さえ読めない。そんな人間に実験を手伝わせたって邪魔になるだけだと諭したら、軽部は私に負けを認めるようになった。

新たに入ってきた屋敷という職人が気になってきたのは、彼の不器用な手つきと鋭い目つきのせいだ。しかし彼と仕事をしているうちに、親しみを感じだした。

ある日、軽部が屋敷をねじ伏せているところを見た。これがきっかけで3人が殴り合いとなった。屋敷は後に謝ったが、彼も軽部も私を疑っていることだけは明瞭なのだ。しかしその後、屋敷は重クロム酸アンモニアを間違って飲んで死んでしまうのだった。

1918年（大正7年）

# 城の崎にて

志賀直哉

小説の神様・志賀直哉の死生観

電車にはねられた「自分」は、ケガの養生のため1人で但馬《たじま》（兵庫）の城崎温泉を訪れた。事故後の自分は、まだ頭がはっきりしない。よく散歩に出かけて事故のことを考えると、死への恐怖よりも、むしろ死に対する親しみを覚える。

ある朝、1匹の蜂が玄関の屋根の上で死んでいるのを見つけた。他の蜂が元気にはい回っているのと比べると、いかにも静かで淋しい。

それから間もなく、今度は首に7寸ほどの串を刺された鼠《ねずみ》が川の中に投げ込まれているのを目撃した。

鼠は助かろうとして必死にもがいていた。死に親しみを感じている自分も、死ぬまでの苦しみは恐ろしいと感じる。

夕方の散歩で、風もないのに桑の葉が揺れているのを見た。不思議さと恐怖を感じた。

さらに、流れの石の上にイモリを見つける。驚かして水に入れようと石を投げると、イモリに当たり死んでしまった。かわいそうに思うと同時に、生きものの寂しさを感じた。

自分は偶然死ななかった。イモリは偶然死んだ。

生きていることと死んでしまっていることとは、さほど差がないように感じた。生きていることに感謝しなければならないが、喜びは、なぜかわいてこない。

3週間ほど後、城崎を去った。それから3年経つが、恐れていた脊椎カリエスになることはまぬがれた。

簡素でムダのない文体の本作は、心象小説のお手本のような位置づけである。

## 1905年（明治38年）
# 牛肉と馬鈴薯　国木田独歩
### 小説形式で語られる、独歩の哲学と思想

時は明治。ある冬のこと。東京の明治倶楽部《クラブ》では7人の紳士たちがそれぞれの人生観を語り始めていた。岡本が倶楽部を訪れたのは、彼らの話が盛り上がった頃だ。

そのうちの1人・上村は、北海道で働いていた。彼は言う、理想は馬鈴薯《ばれいしょ》だと。新天地・北海道に渡った彼は、理想と現実の大きなギャップを痛感し、現実主義者に転身した。「理想ばかりでは飯も食えない」が持論だ。

ステーキに馬鈴薯がついてくるように、理想は現実の付属物である、と上村は主張して、理想に燃える人を「馬鈴薯党」、現実主義者を「牛肉党」と呼ぶ。

岡本に話す番が回ってきた。彼はかつて愛した少女とその死について、経験談を語った。岡本は彼女を喪失した痛みに触れるが、「真の願い」は彼女の蘇生《そせい》ではないと言う。「吃驚《びっくり》したいというのが僕の願いなんです」

英語で、彼はこう付け加える。

「我々の誕生は眠りとともに忘れられるだけだ。すぐに爾《そ》の魂は、この世の重荷を持つだろう。そして習慣は重荷となって、爾の下に置かれる。霜のように重々しく、人生のように深々と」

岡本の真の願いは、この「習慣」という圧力から逃れることだという。心の底から、驚きたいというのである。

それは当たり前と思っていることを、もう一度見直すことに通じる。

だが、岡本の願いを理解できなかった一同は嘲笑した。

岡本の顔には、言いようのない苦悩が表れていた。

## 金閣寺

1956年（昭和31年）

三島由紀夫

金閣寺の幻を内面に抱えた青年の迷い

僧侶の家に生まれた私は、体が弱く吃音《きつおん》だったために引っ込み思案で孤独癖の強い性格に育っていく。

父から折に触れ金閣寺の話を聞いていた私は、寺への憧れを強めるが、ある春休みに父に連れられて京都を訪れ、金閣寺を見るとそれは美とは程遠いものだった。その後父は肺癌《はいがん》で亡くなり、私は父の遺言に従って金閣寺の徒弟となる。学校に通いながら日々金閣寺と接するうちに、寺への思いが再びますます高まっていった。寺では鶴川という育ちの良い明るい性格の修行僧と親しくなる。また、敗戦後に大学に進んだ私は、足の不自由さを利用して女性と関わりを持つ柏木と親しくなる。

ある時、柏木の紹介である娘と遊山に出かけるが、娘の体に手を触れようとした時、ふと金閣寺の幻が私と娘の間に現れる。以来、ことあるごとに金閣寺は幻となって出現するようになった。

鶴川が交通事故で亡くなり、私の孤独がはじまった。そうして数年が経った時、寺の恩師が芸者を連れて歩いているのを目撃し、私は後をつけ老師から叱責を受ける。そんなことや、また学校を休みがちで成績の悪い私に、老師は自分の跡を継がせる気はないと明言した。私は出奔し、旅の途中で金閣寺を焼くことを決心する。

寺に連れ戻され、大学の授業料で遊郭に行ったりしていた私は、7月1日の夜、金閣寺に火をつけた。そしてその炎に包まれて死のうとする。しかし、気が付くと左大文字山の頂上に駆け上っていた。ポケットにしのばせていた小刀と薬の瓶を投げ捨て、煙草を一服しながら、私は生きようと思うのだった。

# 銀河鉄道の夜

「ほんとうのさいわいをさがしにいく」

1941年(昭和16年)

宮沢賢治

午後の授業。仕事で疲れが溜まっているジョバンニは、夜空の「ぼんやりした白いもの」が何かという問いに答えることができない。親友のカムパネルラもジョバンニに配慮しわざと答えず、ジョバンニはたまらない気持ちになる。

放課後、ジョバンニは活版所で粟粒ほどの活字を拾う仕事をして銀貨を1枚もらい、パンと角砂糖を買って帰宅する。母は病に伏せっており、父は漁に出たまま行方が知れない状態だ。母とのやりとりで、朝牛乳が届かなかったことを知ったジョバンニは、牛乳をもらいがてら、その夜行われる星祭りを見てくると母に告げて出かける。

外に出たジョバンニは、同級生のザネリに悪口を言われ、その集団にカムパネルラがいることに気づき、ひとり寂しく町外れの丘に向かう。

天気輪の柱の下にいると、突然眼の前が明るくなり、気がつくと夜空の中を軽便鉄道に乗って揺られていた。向かいに座っているのはカムパネルラ。

列車は北十字を過ぎ、白鳥停車場ではふたりで降りプリオシン海岸で化石の発掘現場を見る。その後、乗って来た鳥捕りに雁を分けてもらうが、それはチョコレートのような味がする。鷲の停車場の手前では、乗船していた船が氷山に衝突したという青年と幼い姉弟が現れる。

やがてサウザンクロスで乗客たちは降り、ジョバンニとカムパネルラふたりきりになるが、気付くとカムパネルラの姿は消えていた。

丘の上で眠っていたジョバンニは目覚め、牧場で牛乳をもらい川にさしかかる。そこでカムパネルラが友達を救うため水に落ちたことを知る……。

1965年（昭和40年）

# 孔雀

三島由紀夫

観念が生んだ殺人か、美しいものの死とは……

10月2日の未明にM遊園地の27羽の孔雀が殺された。犯人として疑われたのが富岡である。富岡は孔雀が殺された日に2時間もジッと遊園地で孔雀を見つめていた。

この事件の刑事が富岡の家を訪ねると、彼は応接間に通された。そこで刑事は若い美少年の写真を見つける。おそろしく色白で唇がやや薄くて、うつろいやすい少年の憂いと誇りが薄氷のように張り詰めた美貌であった。

刑事が見た富岡は初老に近い男性だった。刑事はその富岡に写真の美少年が誰か聞くと、富岡は「17歳のころの自分だ」と語った。

富岡は、刑事の訪問を受けて昼間に見た孔雀の姿を思い出した。その美しい孔雀の羽根や姿と、そしてこの豪奢《ごうしゃ》な孔雀が殺されることを想像し、「孔雀は死んで完成するんだ」と観念する。

そして、その孔雀が死ぬ瞬間を見なかったことは一生の痛恨事だと思った。殺される時の「孔雀たちのあげた悲鳴は、暁の空を切り裂く蒼ざめた刃のようだったろう」と思うのだった。

数日後、刑事はまた、富岡家を訪問した。そして、検視の結果、孔雀殺しの犯人は野犬であったと富岡にお詫びをした。ただし、念のため、おとり捜査もすると伝えた。しかし、富岡は、即座に野犬説を否定した。そして、おとり捜査に参加させてほしいと頼むのだった。

夜、刑事と富岡は、孔雀のいる柵の前で襲いに来る野犬を待った。そして、遊園地の丘の上から数匹の野犬が来るのを見つけた。やはり野犬か。そのとき、野犬に引っ張られるように一人の影が映った。刑事は双眼鏡でその人物を見定めようとした。そして、刑事は声を上げた。

それは、富岡家で見た写真の美少年だった。

1941年（昭和16年）

# グスコーブドリの伝記

身を挺して地球の危機を救ったブドリの生涯

宮沢賢治

グスコーブドリは、イーハトーヴの大きな森のなかに生まれました。ブドリにはネリという妹があって、2人は森で毎日遊びました。

ある日、おとうさんは森へ行ったまま帰らなくなり、おかあさんも次の日、やはり森へ行ってしまいました。ブドリとネリは、みなしごになってしまいました。

20日ばかり後、ネリは男に連れ去られてしまい、ブドリはひとりぼっちになってしまいました。そしてブドリは、ある男のもとでオリザづくりに精を出しました。

そして6年後、ブドリはオリザづくりの立派な本を書いたクーボー大博士に会うことができました。それればかりか、大博士はブドリにイーハトーヴ火山局での仕事を紹介してくれたのです。

火山局ではペンネン老技師の元で機器の扱い方や観測の仕方を学び、昼も夜も一生懸命働いたり勉強したりしました。

2年ばかり経ちますと、ブドリはほかの人たちといっしょにあちこちの火山へ器械を据え付けに出されたり、据え付けてある器械の悪くなったのを修繕にやられたりもするようになりましたので、ブドリにはイーハトーヴの300幾つの火山は掌《たなごころ》の中にあるようにわかってきました。

ブドリが27歳の時、地球全体に寒波が押し寄せました。ブドリたちはカルボナード火山島が爆発すれば、地球全体の気温が5度くらい上がることを知りました。けれどその仕事に行った者のうち、最後の1人はどうしても逃げられません。ブドリはこの仕事に志願し、おかげで気候はぐんぐん暖かくなったのです。

1966年（昭和41年）

# 黒い雨

井伏鱒二

市井の人々を襲った原爆の悲劇

広島から小畠村に引き上げた閑間《しずま》重松は、姪《めい》の矢須子が原爆病患者だという噂を立てられ縁遠いことに負担を感じている。原爆の落ちる時、広島にいた者は、村の中では重松と妻と矢須子の他にはほとんどいない。

小畠村で鯉の養殖事業を始めた重松だが、そんな時矢須子にもったいないほどの縁談がもち上がり、重松は何としてもまとめたいと思う。そこで重松は、原爆病の疑いを晴らすため、矢須子が広島の千田町にいた頃の日記を仲人に送ろうとその清書をはじめた。

8月6日、閃光《せんこう》と轟音《ごうおん》、黒雲に続く黒い雨に打たれる。しかし、放心状態でいつ雨に打たれたのか覚えていない。黒い雨に打たれた部分は省略したほうがいいと妻は言う。しかし、矢須子は爆心地から10キロ以上離れたところにいた。重松は2キロのところにいて頰に火傷を負ったがまだこうして生きている。今度こそ矢須子の結婚を破談にさせてはいけないと、重松は自分の被爆日記の清書も始めた。

8月6日、横川駅の構内で強烈な光の球を見る。

線路の上には人が重なり合い、悲鳴が響く。長い時間の後で歩き出すと、血を流していないものは1人もない。叫び、悲鳴をあげ、苦痛を訴え、這いずり回る人々。

8月15日で終わる被爆日記の清書も終盤にさしかかった頃、重松は縁談を断られたうえに矢須子が原爆病にかかったことを知る。

清書を完成させた翌日、重松は鯉の孵化《ふか》の様子を見に行く。そして向こうの山を見て「五彩の虹が出たら矢須子の病気は治るんだ」と占うのだった。

## 高野聖

1908年（明治41年）

泉鏡花

山深くに住む絶世の美女の正体は……

旅の途中で高野山に籍を置く柔和な僧と道連れになった私は、旅籠屋《はたごや》で眠れぬ夜、諸国行脚の話をねだった。

すると僧が語り出すことには……飛騨から信州へ入る深山の分かれ道。まっすぐが本道で、左は危険な近道。僧は一足先に山に入った富山の薬売りが近道を行ったことを知り、見殺しにもできず危険な道を歩き出す。

蛇の群れが道をふさぎ、ヒルが襲いかかる道を行き、疲れて倒れそうになった時、一軒の家に着いた。この世のものとは思われぬ美しい女が住むその家に一夜の宿を頼むと、女は僧を川へ誘う。そして彼の衣をはぎ取りその身体に水をかけ、自分もいつのまにか全裸となっていた。川への往復の道中、蛙や蝙蝠《こうもり》や猿が飛び出し女に飛び付く。そのたびに女は「お客様だよ」と邪険に扱う。

家に帰ると留守を頼んでいた男が馬小屋から馬を引き出していた。そして僧を見て「もとの身体で帰らっしゃったの」と不思議なことを言う。彼は馬を馬市に出しにいくところだが、馬は女の姿を見た途端に動かなくなる。しかし女が着物を脱ぐと馬はすたすた歩き出した。

食事をもてなされた後で、僧は眠ろうとするが眠れない。外では何十もの獣が家を取り巻く気配がし、僧は生きた心地もしない。

翌朝、名残惜しげな女に後ろ髪を引かれつつ別れ、このまま女のもとへ引き返そうかと思った時、昨夜馬を売りに行った男と出会う。そして男は言った。「並の者なら嬢様の手で水を振る舞われて人間でいようはずがない。昨夜の馬も薬売り、悪いことは言わないから早くここを退け」と。

1961年（昭和36年）

## 極楽とんぼ

里見弴

ノンキで気楽な幸せ者の生涯

共に再婚の両親の元、明治18年に7人きょうだいの三男に生まれた吉井周三郎は、幼い頃からガキ大将で、性の目覚めも早熟である。学校はズル休みの常習犯だが、ひょうきんでお人好し。丸顔にえくぼの外見も、他人から憎まれることとは無縁だ。

15歳の時、周三郎は女中頭の加代から性の手ほどきを受ける。魚屋の倅《せがれ》・勘吉からの耳学問もあった。そのためか、中等科3年への進級を間近に控えた頃、恩人の孫娘と関係したことがばれ、落第してしまう。

これを機に周三郎は父の郷里である鹿児島に預けられるが、男色の本場に美少年が現れたとあっては、周囲が放っておかない。

その後、周三郎は慶応に進み、予科を終えると渡米する。しかしニューヨークで、予科時代の友人・安藤の同性愛相手から嫉妬を買い、銃で撃たれて大けがを負い帰国する。

周三郎は商事会社の社長の座に就き、安藤の姉・誉花と結婚。しかし幸せは長く続かない。安藤は精神の病に冒されて母親を殺してしまい、誉花は法律事務所の書生・青木と不倫の末ガス自殺を遂げる。

その後の周三郎は平穏無事に暮らした。だが75歳のある日、末弟・省五の会社の寮にきょうだい6人が泊まった際、周三郎は入浴中にガス中毒死してしまう。それでも、周三郎は、ノンキで気楽な生涯を送った幸せ者なのだ。

## 1914年（大正3年）
# こゝろ　夏目漱石
### 生涯、罪の意識から解放されなかった「先生」

大学生の私は鎌倉の海水浴場で「先生」と知り合い、月に数度は先生のもとを訪ねるほど懇意になる。しかし、先生は常に一定の距離を置き心の内を明かすことはない。

先生は、雑司ヶ谷にある友の墓へ毎月赴く。美しい奥さんと仲は良いものの、奥さんとの間にも壁を築いている。また、大学出で学識家であるにもかかわらず、社会に出て何かを成し遂げようとはしない。先生に関する謎は多い。何故、人や社会と交わることをそれほどまでに拒むのか。しかし、思想上先生からの影響を大きく受けつつあった私は、先生の過去を知りたい、真面目に人生から教訓を受けたいと申し出る。先生は適当な時機が来たら話そうと約束する。

私は大学を卒業し、郷里に帰省する。その間に明治天皇が崩御し、乃木大将が殉死し、父も危篤に陥る。そして私は先生からの分厚い手紙を受け取る。

最初に綴られていたのは先生の両親が亡くなった時のいきさつ。その後、東京に出た先生は、軍人の未亡人とその娘が住む家に下宿し大学生活を送る。やがて先生の友人Kもまた先生の紹介で隣の部屋で暮らすようになる。Kはある日、下宿の娘に恋していることを先生に打ち明ける。同じく娘に思いを抱いていた先生は、未亡人に結婚の約束を直接取り付けKを出し抜く。しかし、自らのしたことに苦しむ先生がKに謝罪しようとした矢先、Kは自殺してしまう。

大学を卒業し、娘と結婚した先生だが、罪の意識から解放されることは生涯なかった。そして今、自分もまた自殺を決心したと綴ってあるのだった。

# 五重塔

1892年（明治25年）

幸田露伴

「世紀の塔」を巡る、江戸の男たちの真剣勝負！

類いまれな技術を持っていながら、要領が悪く、世渡りが下手なために、一介の貧乏大工に甘んじている男がいた。名前は十兵衛。大工仲間からは「のつそり」（のっそり）と呼ばれて、馬鹿にされていた。

ある日、十兵衛は、谷中《やなか》の感應寺で五重塔を建てる話を耳にする。棟梁《とうりょう》には、親方である源太が指名されていたが、この一世一代の大仕事を、自分の手で成し遂げてみたい思いに駆られた十兵衛は、己の立場も省みずに、寺の和尚に直談判に赴く。

和尚は源太と十兵衛を呼び寄せ、2人で話し合って決めなさい、と言い含めるが、源太のほうも五重塔を譲りたくはない。最初に指名されて見積書まで出しているし、十兵衛には仕事の世話までしてやっている。

それでも男気のある源太は、十兵衛の動機が、金や名声にではなく、ただ自分の腕を試したい一心にあることを認めて、五重塔は2人で一緒に建てようと持ちかける。

しかし十兵衛は、すべてを自分ひとりで作り上げたいから、と源太のせっかくの提案を拒否。一度は怒りながらも、十兵衛の頑《かたく》なな思いを受け止めた源太は、とうとう五重塔を譲る決心をする。しかし、良かれと思って提供した設計資料や下絵図を、必要ない、と突き返されるに及び、ついに怒りは頂点に達する。十兵衛は一切の手助けがないまま、独りで五重塔に挑む。

片耳を失うほどの事件に巻き込まれながらも、やがて十兵衛は何とか五重塔完成に漕ぎ着ける。だが、落成式の近づいたある晩、江戸の町に、数十年に一度という、世にも恐ろしい大嵐が吹き荒れる。

# 古都

**1962年（昭和37年）**

川端康成

京の四季が織りなす、双子の姉妹の切ない物語

　京都の呉服屋の前に捨てられていた佐田千重子。自分が捨て子だった事実を知りながらも、呉服屋夫妻の深い愛情にはぐくまれて育った。

　5月のある日、友人の真砂子と北山杉を見に行った千重子は、自分にそっくりの娘と出くわす。その娘は紺絣《こんがすり》の筒袖にもんぺ、たすきと前《まえ》垂《だ》れ（前掛け）、手《て》っ甲《こう》を身につけ、手ぬぐいをかぶった姿で、千重子の前を通り過ぎていく。

　祇園祭の宵山《よいやま》の日、千重子はあの娘と再び出会う。神仏への祈りを7回繰り返す「七度参り」が済んだ娘に、「なに、お祈りやしたの？」と聞く千重子に、娘はこう答えるのだ。

「姉の行方を知りとうて……あんた、姉さんや。神様のお引き合わせどす」

　娘の名は苗子。双子の姉を探していたという。しかし今では身分が違う。苗子は、姉と会ったことを誰にも言わないと伝え、千重子と別れるのだった。

　帰り道、苗子は四条大橋で織り屋の息子・秀男に声をかけられる。秀男は苗子を千重子と思い込み、千重子の帯を折らせてほしいと頼み込んだ。

　数カ月後、笛子が奉公して働く北山杉の村へ出かけた千重子に、織り屋の秀男からプロポーズされたことを苗子は告げる。

　千重子は苗子を自宅に呼び、「うちにずっと、いとくれやすこと、でけへんの」と懇願する。しかし苗子は「お嬢さんのお幸せに、ちょっとでもさわりとうないのどす」と固辞。一緒に寝た翌朝早く、苗子は千重子の差し出す雨具を受け取らないまま雨の中、室町の家を去っていくのであった。

1903年（明治36年）

# 金色夜叉

尾崎紅葉

大衆文学における未完の金字塔

両親を亡くした間貫一《はざま》は、15の年に父の恩人である鳴沢隆三《しぎさわ》に引き取られ、大学へ通わせてもらう。鳴沢には宮《みや》という一人娘がおり、貫一と相思相愛の仲になる。

鳴沢と妻は、貫一を宮の婿に迎えようとするが、銀行家の御曹司である富山唯継《とみやまただつぐ》が宮を見初め、宮の心も富山へ移っていく。娘の気持ちを察した両親は宮と富山との縁談を進め、貫一には養子として鳴沢家を継がせようとする。夫妻は貫一に、宮を諦める代わりにヨーロッパへの留学を勧める。

宮を諦めきれない貫一は、彼女を追って熱海へ。海岸で熱烈な気持ちを伝え、自分の元へ帰ってくれるよう宮を促すが、答えは否。絶望した貫一は鳴沢家を飛び出し、行方不明になってしまった。

4年が過ぎた。今の貫一は鰐淵《わにぶち》という高利貸しの元で働いている。御曹司に宮を奪われたことで、貫一は金の亡者「金色夜叉《こんじきやしゃ》」として生きているのだ。そんな貫一にも、言い寄る女がいた。同業者の赤樫満枝《あかがしみつえ》だ。しかし貫一は相手にしない。

田鶴見子爵のパーティで、貫一と宮は偶然再会する。貫一は驚きと憤りに涙し、宮は羞恥心にさいなまれる。宮にとって、やはり貫一こそが最愛の人だったのだ。何通もの手紙を宮は貫一に送り、ついに貫一の元を訪れる。しかし貫一は冷淡な態度を崩さず、傷心を抱えて宮は家路につく。その夜、貫一は夢を見た。満枝と争ったあげく刺し殺し、貫一に許しを請いながら自殺する宮。貫一もまた、宮を許しながら命を絶ってしまうという夢だ。貫一は、宮の謝罪を受け入れる気持ちに……。

# 最後の一句

1915年（大正4年）

森鷗外

父を思う子の気持ちを活写

大阪で海運業を営んでいる桂屋太郎兵衛斬罪を知らせる高札が立てられたのは、元文3（1738）年のことだ。2年前の秋、太郎兵衛の船が難破し、積み荷の半分以上を失ってしまった。太郎兵衛は船主だが、船の現場責任者である新七は、残った米を金に換え大阪へ戻ってきた。新七は、その代金を新しい船の準備に使うよう提案し、正直を旨としてきた太郎兵衛もうなずいてしまう。

これが後に発覚し、太郎兵衛は捕らえられてしまうのである。彼には女房と、5人の子どもがいた。明後日に斬罪が迫っていることを知った子どもたちは、自分たちの命と引き換えに刑の執行を取りやめる願書を奉行に出そうとする。

ただし12歳の長男・長太郎の命だけは助けてほしいと訴える内容だ。長太郎は太郎兵衛の実子ではない上に、大事な跡取りだから。願書を思いつき、実際に書いたのは、16歳の長女・いちである。

しかし、西町奉行の佐々又四郎は、願書があまりに整然と書かれているため、大人の画策によるものとの疑いを抱く。そこで母親と子どもを尋問する。「きょうだい揃って死ぬ覚悟はあるか」と聞かれた、いちと14歳の次女・まつは、潔く「はい」と答えた。長太郎も「みなが死にますのに、私1人が生きていたくはありません」と涙ながらに答える。父親に会えずに死ぬことに対しても、いちは「よろしゅうございます」と答え、少し間を置いて「お上のことには間違いはございますまいから」と付け加える。この一言は、役人一同の胸を刺した。

結局、太郎兵衛の斬罪は軽減され、追放処分を言い渡された。

1947年（昭和22年）

# 桜の森の満開の下

坂口安吾

漠然とした、無尽蔵に広がる、桜の森の正体とは？

桜の森の山の中に、一人の山賊が住んでいた。男は街道に出ては旅人を襲い、その着物を剝いだり、さらった女を自分の女房にして生きていた。男に怖いものはなかったが、ただひとつ、満開になった桜の森にだけは、捉えようのない恐怖を抱いていた。

ある日、男はいつものように旅人を襲い、8人目の女房をさらってくる。女はとても美しかったが、非常なわがままでもあった。女は、ほかの女房たちを斬り殺すように男に命じ、男の作る料理に文句をつけ、山の暮らしを怨じながら、都での生活を恋しがった。女の美しさに魅入られていた男は、口車に乗せられるようにして、ついに山暮らしを捨てて、都に住む決心をする。

男は、女に命じられるがままに、夜ごと家々に忍び入っては、着物や宝石を盗んできた。だが、それに飽き足らない女は、忍び入った家々の住人を殺して、その生首を持ち帰ってくるよう、男に命じる。そうして集めた生首を一所に並べて、毎日「首遊び」に耽《ふけ》るのだった。

都暮らしは、男にとって少しも面白いものではなかった。人間の多い都の暮らしは、自然に囲まれて生きてきた男には退屈だったし、何よりも女の要望に応じることに飽き飽きしていた。女の欲求には切りがなく、殺しても殺しても、新しい首を欲しがった。

やがて男は、都暮らしに耐えきれず、山へ戻る決心をする。女と別れるつもりでいたが、意外にも女は男の要望を受け入れる。

幸せな気分に浸りながら、女を背負って山へ戻ってきた男の前には、しかしあの恐ろしい満開の桜の森が広がっていた……。

**1948年（昭和23年）**

# 細雪

谷崎潤一郎

昭和初期の上方における旧家の風俗を丹念に描き出す

昭和10年代後半。大阪船場の商家・薪岡《まきおか》家に4人姉妹があった。長女の鶴子は婿養子の辰雄を迎え父母亡き後の本家を守り、次女の幸子《さちこ》もまた婿の貞之助と兵庫県芦屋に分家。三女の雪子は古風でおとなしく、対照的に四女の妙子《たえこ》は舞の稽古やフランス人形制作、洋裁も手がける活発で情熱的な娘だ。20歳の頃、奥畑啓三郎と駆け落ちし、新聞ダネになったこともある。ところがこの騒動が三女雪子のこととして掲載されたこともあり、雪子は30歳を過ぎても縁遠い。

次女の幸子は、早く雪子を嫁がせようと次々に見合い話を持ちかけるが、上手く話が運ばない。さらに雪子と妙子は本家の義兄と性格が合わず、何かと幸子に頼りがちで幸子の気苦労は絶えない。そうした中でも姉妹たちには恒例の花見や音楽会を楽しむ余裕があった。

四女の妙子は奥畑と交際を続けていたが、阪神の大水害時に命を助けてくれた写真家・板倉と恋に落ちる。しかし板倉は病で急死。妙子は奥畑とよりを戻し、義兄に勘当されて奥畑とアパート暮らしを始める。しかしその生活は経済力の無い坊ちゃん育ちの奥畑に負担をかける惨めなものだった。

一方で、雪子の縁談がようやくまとまり、子爵家の息子と結納を交わすところまで話が進む。ところがそんな時、妙子が奥畑とは違う男性の子を宿したことが発覚。そして春、妙子は美しい赤ん坊を死産。その後妙子は子の父と兵庫の借家で所帯を持った。

幸子は雪子と妙子の対比に胸を痛め、それらを押し流す時代の波を感じながら、ぼんやりと物思いに耽るのだった。

# 山月記

**1942年（昭和17年）（「古譚《こたん》」として発表）**

中島敦

知識人の尊大さ、臆病さがテーマ

博学で才知に溢れる李徴《りりょう》は、若くして科挙《かきょ》の試験に合格して江南の官吏《かんり》となった。だが自負心が強すぎ、下級官吏でいることに耐えられず官職を辞して帰郷、詩作にふけってばかりいた。詩人として文名を後世に残そうとしたのである。

しかし思うように文名は揚がらず、生活は苦しくなる一方だ。やむなく地方官吏の職を得るが、同期たちはすでに高位に出世した。李徴の性格はますますゆがみ、ついに錯乱して行方不明になった。

翌年、李徴の最も親しい友人である監察御史が商於《しょうお》の地を訪れた際、人食い虎が出る噂を聞く。監察御史は忠告を聞かずに出発し、人食い虎に遭遇する。この虎こそが、李徴の変わり果てた姿だったのである。

李徴は自らの姿が虎になったいきさつを友に語る。

1年ほど前、旅に出て川のほとりに泊まった時のこと。目を覚ますと誰かが自分の名をしきりに呼んでいる。声を追ううちに思わず走り出し、山道に入ると、自分はいつの間にか両手で地面をつかんで走っていた。体中に力が満ちるのを感じ、気がつけば虎の姿になっていたという。

心も徐々に虎になっていったが、一日のうち数時間は人間の心に戻る。そんな時、己の運命を振り返って、情けなさ、恐ろしさ、そして憤りを感じるという。しかし人の心に戻る時間は日ごとに短くなり、もう少し経てば、完全に失ってしまうだろう。

それでも詩人への夢を断ち切れぬ李徴は、監察御史に自作の詩を預け、姿を消してしまうのであった。

1929年（昭和4年）

# 山椒魚

井伏鱒二

いがみ合いの果てに辿り着いた境地

山椒魚《さんしょううお》は悲しんだ。棲家《すみか》である岩屋から外へ出ようとしたのだが、2年の間に体が発育し、出入口がせまかったために頭がつかえて外に出ることができなかったのである。彼の棲家は泳ぎまわれるほど広くはなく、さらに苔《こけ》が密生して水が汚れる。

山椒魚は出口から谷川の大きな淀《よど》みを眺めて日々を送った。多くのメダカが泳いでいる。1匹が左によろめくと全員が左に、また右によろめくと全員が右によろめく姿を見て「なんと不自由千万な奴らだ」と山椒魚は嘲笑した。

やがて、山椒魚はどうしても外へ出なくてはと決心し脱出をこころみるがそれは徒労に終わり、神をうらみながら孤独に泣く。悲嘆に暮れている者をそのままにしておくと良くない性格を帯びる。山椒魚も例外ではなかった。

ある日、岩屋の窓からまぎれこんだカエルを彼は自ら入り口をふさいで閉じこめる。自分と同じ境遇に追い込むことが痛快だった。「俺は平気だ」カエルは叫び、「出て来い」と山椒魚は怒鳴る。意地の張り合いをする2匹はお互いに莫迦《ばか》だと応酬し合いながら過ごしていく。

やがて1年が経ち、さらにまた1年が過ぎた。口論し続けてきた2匹は黙りこんでお互いのため息が相手に聞こえないよう注意していた。

ところが、カエルが思わず小さなため息をついたのを聞いた山椒魚は、友情のこもった瞳でたずねた。「もうだめか？」「もうだめだ」。

しばらくして山椒魚はたずねた。

「お前はどういうことを考えているんだ？」

「今でもべつにお前のことをおこってはいないんだ」。

1915年（大正4年）

# 山椒大夫

森鷗外

姉と弟の悲しい物語

岩代《いわしろ》の国（福島県）から筑紫《つくし》の国（九州北部）へ行ったままの父を訪ねて、4人連れの旅人が歩いている。母は30歳くらい、14歳の姉・安寿《あんじゅ》、13歳の弟・厨子王《ずしおう》、そして40歳ほどの女中が同行している。

日没近くになって野宿の場所を探していると、橋の下で船乗りに出会う。彼は自分の家に泊めてくれるという。一行は勧めに従い、翌朝は船で出発することにした。

この船乗り、山岡大夫といって、実は人買いだったのである。子どもたちは丹後《たんご》の由良《ゆら》へ、母と女中は佐渡へ送られ、女中は入水《じゅすい》する。

安寿と厨子王が買われた先は、山椒大夫という金持ちの家だった。安寿には水くみ、厨子王には芝刈りという仕事があてがわれた。父母に会いたい2人は、その相談をしては互いを慰めていた。ところが、それを山椒大夫の息子・三郎に聞かれてしまう。安寿と厨子王の弁明にもかかわらず、三郎は2人の額に焼き印を押してしまう。

小屋に帰った2人は、母にもらった守り本尊の地蔵を拝む。すると不思議なことに、焼き印の痛みは消えてしまった。翌朝、守り本尊には十文字の傷ができていた。

ある時、安寿は厨子王と一緒に芝刈りへ出してほしいと願い出る。安寿が髪を切ることを条件に、山椒大夫はこれを許した。安寿と厨子王は、翌日一緒に山へ出かけた。安寿は守り本尊の地蔵を厨子王に渡し、弟を逃がした。そして安寿は入水する。

厨子王は無事に逃げのび、丹後の守として栄達を遂げる。父はすでに他界していたが、厨子王は佐渡に渡り母と再会を果たしたのであった。

1908年（明治41年）

# 三四郎

夏目漱石

不可解な女性の心に翻弄される田舎出の青年

小川三四郎は熊本の高校を卒業後、東京の大学に入学するために上京。その途中、名古屋止まりの汽車に乗り合わせた女に頼まれ、名古屋の宿で背中合わせに一泊し、翌朝「あなたは度胸がない」と言われてしまう。名古屋から東京への車中では、常識外れのことを言うひげの男に出会った。

東京に出た三四郎は、大学構内の池のほとりで若い女と会う。三四郎は、汽車の女と似たものを感じ忘れられなくなる。ある時、大学の先輩・野々宮宗八の妹で入院中のよし子を見舞った際、病院の中で彼女に再会。その後、三四郎は友人の佐々木与次郎から、尊敬するという広田先生を紹介される。彼は汽車に同乗したひげの人物だった。その広田先生の引っ越しの手伝いに行くと、三たび三四郎は例の女と会う。里見美弥子《みやこ》と名乗った彼女と三四郎はともに家の掃除をし、親しくなる。そして、広田先生や野々宮らと団子坂の菊人形展を見に行った折、美弥子の気分が悪くなり彼女と三四郎は人混みを抜け出す。この時、美弥子は「迷子の英訳が分かるか？」と尋ね、言いよどむ三四郎に「ストレイ・シープ」と教える。それが一体何を指すのか三四郎は自問自答するが理解できない。

それからさまざまなことがあり、ふたりの仲は深まるかに見えたが、三四郎はいつも美弥子の態度に解けない謎を見るばかり。やがて美弥子が結婚するという噂を聞き、本人に確かめるが否定しない。

美弥子は三四郎を眺め、ため息を漏らしながら「われは我が愆《とが》を知る。我が罪は常に我が前にあり」とつぶやき、それが別れの言葉になったのである。

1954年（昭和29年）

# 潮騒

三島由紀夫

躍動感に満ちた青春の恋物語

人口1400人、周囲一里にも充たない歌島に住む18歳の久保新治。一昨年中学を出た、よく日に焼けた背の高い澄んだ目の青年だ。

ある日新治が漁を終え、灯台長の家に平目を持っていく途中、目もと涼しい少女・初江に出会う。彼女は機帆船歌島丸と春風丸の船主・宮田照吉の末娘で、志摩に養女に出ていたが、一人息子に死なれた照吉が婿取りをさせようと呼び戻したのである。その後、偶然再会した新治は名を名乗る。

そして嵐が島を襲った時、二人は山上の元陸軍監的哨跡で待ち合わせをする。先に着いた新治はたき火を燃やし衣服を乾かすが、眠り込んでしまう。気がつくと焔《ほのお》の向こうで上半身もあらわに初江が下着を乾かしていた。恥じた初江は新治にも裸になるよう命じ、ふたりは抱き合うが初江は言う。「あんたの嫁さんになるまではいかん」

ふたりの逢瀬を灯台長の娘・千代子が見てしまう。新治を密かに慕う彼女は、目撃したことを初江の入り婿候補の川本安夫に話す。嫉妬に狂った安夫はあらぬ噂を村じゅうにふりまき、初江の父照吉はふたりを交際禁止にしてしまう。

そんなある日、照吉の持ち船歌島丸の船長が新治に甲板見習として船に乗るよう勧める。照吉も一緒だ。だが船は那覇で台風に遭遇、船とブイを繋《つな》ぐ綱が切れる。新治は自ら申し出て荒海に飛び込み、見事綱をブイに巻くことに成功。

照吉は「男は気力があればいい。家柄や財産は二の次や」と言い、新治を初江の婿にすることに決める。二人が灯台に上がった時、新治はこの小さな島が彼らの幸福を守り、恋を成就させたのだと思った。

# 地獄変

**1918年（大正7年）**

芥川龍之介

肉親への情愛と芸術の追求のはざまで

堀川の大殿様は器量の大きい、大変なご威光のある方で、後々まで語りぐさになることが沢山ございました。しかし「地獄変」の屏風《びょうぶ》の由来ほど恐ろしい話はありますまい。

屏風を描いた良秀という高名な絵師は骨と皮ばかりの意地の悪そうな老人で、ケチの恥知らず、横柄で高慢な嫌われ者でした。しかし、たった一つ人間らしい情愛のある所がありました。15になるひとり娘を尋常ならず可愛がっていたのです。

愛嬌のある思いやり深い娘は大殿様の御屋敷に小女房として上がっておりました。しかしそれが不服だった良秀は、見事な稚児文殊《ちごもんじゅ》を描いた褒美をとらせる、という大殿様の言葉に「娘をお下げください」と申し上げ、大殿様のご機嫌を損ねてしまいました。

やがて大殿様は良秀に地獄変の屏風を描くよう言いつけます。鬼にとりつかれたようにかかりきりになっていた良秀ですが、八分どおりできあがったところで行き詰まり、突然御屋敷に参って大殿様に申し上げました。牛車《ぎっしゃ》に乗った女が猛火の中で悶《もだ》え苦しむところが描けぬ、私は見たものでなければ描けぬゆえ車を私の目の前で焼いて欲しい、と。

大殿様は約束通りに良秀をお召しになり、車を焼いてみせました。ところがその車の中には良秀の娘が鎖に繋がれていたのです。さるぐつわを噛《か》み締め、鎖も切れるばかりに身悶えする娘……良秀は恍惚《こうこつ》とした法悦の輝きを満面に浮かべ、立ちすくんでいました。完成した屏風をご覧になった殿様は「でかした」とおっしゃいました。出来上がった夜、良秀は部屋の梁《はり》へ縄をかけ、縊《くび》れ死にました。

## 死の棘

**1977年(昭和52年)** 島尾敏雄

夫の浮気発覚で壊れた妻の狂気

昭和29年のある日。夏も終わりに近づいていたた。外泊した「私」が自宅に帰ったのは昼下がりだった。

妻と子どもの姿は消えていた。それどころか、机や畳や壁には、血のりのようにインキが浴びせかけられている。流しには食器が放置され、私の日記帳も、打ち捨てられていた。ついにその日がやってきた……足の底から震えが来るのを、私は感じた。

10年間に及ぶ浮気が発覚したその日から、妻のミホは執拗に私を責め立てるようになった。たとえば、こんな風に。

「あなたのきもちはどこにあるのかしら。どうなさるつもり?……十年ものあいだ、そのように扱ってきたんじゃないの。あたしはもうがまんはしませんよ。……爆発しちゃったの。もうからだがもちません。見てごらんなさい、こんなに骸骨のようにやせてしまって。あたしは生きてはいませんよ」

「生きてなどいるもんですか。……そのあとであなたは好きなようにその女とくらしたらいいでしょ」

どこまで続くかわからぬ尋問のあけくれ。ミホはエスカレートする。

「それであなたそのときよかったの」

「よかった」

「ちきしょう」

そう言うと妻はがばとふとんの上に起きあがり、目をつりあげた形相で私をにらみつけた。

「よくもそんなことがこのあたしに言えたな」

結局、2人は揃って、妻の故郷・奄美大島の精神病院へ入院するのだ。

**1947年（昭和22年）**

# 斜陽

太宰治

没落した〝最後の貴族〟の道徳革命

戦後没落した旧華族の娘・かず子は母とふたり伊豆の山荘に引っ越して来た。父はすでに亡く、弟の直治は大学の中途で召集され南方の島へ行ったきりだ。かつて直治が「真の貴族」と評した優雅で可愛く無邪気な母は、伊豆に移って以来気落ちし病弱になっていく。

そんなある日、直治が突然戻って来る。しかし酒浸りとなり家にも帰らない。かず子は直治の留守中、かつて直治が麻薬中毒にかかっていた頃の絶望的な手記を読む。そして直治が尊敬する作家・上原二郎との「ひめごと」を思い出す。六年前、直治の借金の件で上原と会い、杯を重ねたふたりは帰り道でくちづけし、それがきっかけでかず子は夫と別れ母の元に戻って来たのだ。

かず子は思い切って上原に手紙をしたためる。「立ちつくしたままおのずから腐って行く今の生活からのがれ出るために、私を愛人にしてください」と。しかし上原からは何の返事もなく、やがて母は静かにその生涯を閉じる。かず子は戦闘を開始する。

だが、訪ねていった上原宅には奥さんと女児しかおらず、ようやく西荻のチドリという飲み屋で再会する。そこに居たのは変わり果てた老猿だった。ふたりは一夜を共にする。かなしい恋の成就……。

直治はその朝自殺していた。遺書には、貴族という影法師から逃れるために狂い、遊び、荒《すさ》んでいたと振り絞るように書かれていた。

その後、妊娠が発覚したかず子は上原にあてて最後の手紙を綴る。「私と、私生児は古い道徳とどこまでも争い、太陽のように生きるつもりだ」と。

**1917年（大正6年）**

## 出家とその弟子

親鸞と息子、弟子・唯円が織りなす心を描いた戯曲

倉田百三

浪人・日野左衛門は常陸の国大門《おおかど》の里に田を買って住み着いている。暮れも押し詰まったこの日は、降り続く雪の中を農家まで借金の取り立てに出向いてきた。

帰宅した左衛門は妻に愚痴る。「世の中、ずるい奴ばかりだ。浪人して世間の腹黒さを知った。私はひどいことに自分をならそうとしている」

そこへ3人の僧侶がやってきて、一夜の宿を求める。しかし左衛門は冷たく断り、なおも頼み続ける僧侶の杖を奪って、「わしは坊主が大嫌いだ」と打ち据えてしまう。打たれたのは諸国を托鉢中の親鸞《しんらん》。同行していたのは弟子の慈円と良寛である。

左衛門はその夜、絞め殺そうとした鶏が自分に変わるという恐ろしい夢を見た。目を覚ますと、親鸞たちはまだ外にいる。泣いて謝る左衛門に、「あなたは卑しい人ではなく、むしろ純な人である」と親鸞は声をかける。

左衛門が出家を願い出たところ、親鸞は「信心は形ではなく、在家にあってもできる」と語るのだった。

そして15年。左衛門の息子・松若は僧・唯円となり、親鸞のそばに仕えていた。親鸞には善鸞という息子がいるが、この男、親戚の妻を奪い親鸞から勘当されていた。自堕落な日々を送る善鸞を唯円が訪ねると、「父が会うといえば、会う」と言った。だが親鸞は会おうとしない。

さらに15年。親鸞は90歳となり、死の床についていた。臨終の間際、善鸞が駆けつけて赦《ゆる》しを乞う。すると親鸞は、「許されているのだよ」と言い切る。間もなく親鸞は、臨終の時を迎えた。

1937年（昭和12年）

## ジョン万次郎漂流記

幕末から明治末期までを生き抜いた、最初の国際人

井伏鱒二

土佐中ノ浜の漁師に生まれた万次郎は、9歳の時に父を亡くし、母の手で育てられた。むろん、貧乏暮らし。13歳頃から漁船に乗り始めた万次郎だが、15歳の時、乗っていた船が難破して無人島にたどり着く。

半年後、万次郎が磯で貝を拾っていると、沖をゆく船を発見する。船はアメリカの捕鯨船で、さらに半年後にはホノルルへ着いた。この時点で少しは英語がわかるようになっていた万次郎は、船長から申し入れられたアメリカ行きの話を受け入れる。船長は、万次郎の快活で胆力《たんりょく》のあるところを愛していたのである。

マサチューセッツに着いた万次郎は、船長の世話で桶屋《おけや》のアレンのもとに仮住まいをする。そして、アレンの娘が経営する私立学校へ通い始めた。

さらにその後、万次郎は数学者の門下生にもなり、数学や測量の勉強もしている。

20歳になった万次郎は捕鯨船の航海に出る。ホノルルにも立ち寄り、伝蔵ら漂流した仲間とも7年ぶりに再会した。

その後、万次郎は伝蔵たちと日本へ帰る。だが当時は鎖国時代。万次郎たちを待っていたのは取り調べの日々だった。とはいえ薩摩藩主・島津斉彬《しまづなりあきら》からは手厚いもてなしを受け、ついには生まれ故郷へ戻ったのだ。

ペリーが浦賀に来航した嘉永《かえい》6（1853）年、幕府は万次郎を旗本に迎え、代官・江川太郎左衛門の付け人とした。

さらに万次郎は勝海舟、福沢諭吉らと咸臨《かんりん》丸《まる》に乗り、通訳官として活躍。帰国後も軍艦運用術や英語を教授するなどして、明治31（1898）年、72歳まで生き抜いたのである。

1909年（明治42年）

# すみだ川

永井荷風

幼なじみの芸者に思いを寄せるナイーブな青年

小石川表町の質屋の長男、今では俳諧師となった松風庵羅月は、かつて親から勘当を受け、若隠居させられていた。父の死後は妹のお豊の亭主が商売を続けたが、質屋は潰れ亭主も死んでしまった。お豊は生計を立てるため、昔馴らした常磐津の師匠として浅草の今戸に住んでいる。

そのお豊を、羅月は訪ねたくて仕方がなかった。

秋の初め、羅月はお豊の家へ向かう。お豊には長吉という一人息子がいる。今年18になる息子の出世だけを楽しみに生きているお豊は、どんな苦労をしてでも長吉を大学に入れ、立派な月給取りにするつもりであった。

一方、長吉は幼なじみのお糸にほのかな思いを寄せている。そのお糸とは、彼女が芸者になることを相談するため芳町の置屋に行くので、道中一緒に歩こうと約束していた。お糸が芸者になってしまえば、自分から離れてしまう……夕日に染まる川の景色を眺めながら、長吉はそんなふうに思うのだった。

学校が始まると長吉はいじめられるようになり、高等学校へ入ろうという気が失せてしまった。お豊は羅月に長吉の相談をする。羅月は翌日訪ねてきた長吉にとにかく卒業するよう説得する。

けれど羅月は困った。役者になりたいという長吉の気持ちも理解できるからだ。一方、長吉は羅月の説得に失望していた。その後長吉は、腸チフスにかかってしまう。羅月は、お糸に対する長吉の思いを知り、「死んでくれるな。おれがついているんだぞ」と心の内で叫ぶのであった。

1939年（昭和14年）

## 蒼氓《そうぼう》 石川達三

異境で生きる決心をした逞しい移民たち

1932年3月、雨の神戸港。丘の上の「国立海外移民収容所」に、ブラジルへの移民を乗せたトラックが次々に上っていく。

その中に、佐藤孫市と姉のお夏の2人姉弟、孫市の友人の門馬勝治とその母・くら、父・義三の3人家族があった。孫市は、勝治とお夏を形式だけの夫婦にした。そうしなければ双方の家族ともに渡航費補助移民の条件に合わなかったからである。

実は、お夏は思慕を寄せていた堀川から求婚されたのだが、その時にはすでに弟が移民を決心したあとだった。申し込みがもう1カ月早かったら……悔やんでみてももう遅い。

日本での生活に絶望し、全国から集まった貧しい百姓たちは、まず体格検査を受ける。合格して移民となった953人は、8日間を収容所で過ごし、基礎的な言葉やマラリア予防などの講習を受けた。そして浅春の風の中を出航。ホンコン、サイゴン、シンガポールと南下した船は45日後に無事目的地へ到着した。

別れの宴が行われた日、船の中でお夏に不倫な行為をしかけた小水はお夏に求婚する。しかし、二度と帰国することはないと思ったお夏は、勝治と本当の夫婦になってブラジルで生きていこうと決心していた。

やがて陸路を辿ってサン・パウロに着いた移民は広大な農地へ散っていく。与えられた家は土蔵のようだったが、彼らを迎え入れた日本人の真鍋と米良の表情の明るさに慰められた。やっていけそうだ。仕事始めの朝、お夏とともに男たちを見送る婆さんのくらの目には、喜びとも悲しみともつかない一筋の涙が流れていた。

# それから

**1909年（明治42年）**

夏目漱石

明治時代のニートに、厳しい現実の波が

金銭のために働くことを「劣等な経験」と断じる長井代助は、大学を卒業しても就職せず、結婚にも興味がない。生活は父と兄からの仕送りに頼り、気ままな独身生活を謳歌する。東京帝国大学出の高等遊民である。

この代助の中学からの友人に、平岡がいる。大学を出て銀行に就職、3年前に結婚し、時を同じくして関西に転勤していった。兄弟のように育った代助とは手紙をやりとりしていたが、最近はそれも途絶えがちだ。

その平岡が仕事に失敗し、東京に戻って別の仕事に就くことになった。平岡の妻・三千代は代助、平岡共通の友人の妹で、実は平岡から三千代と結婚したいことを打ち明けられた代助は、三千代に寄せていた思いを諦め、2人の仲を取り持ったものだった。

久しぶりに会った三千代は生活に疲れ果て、経済的に困窮している。産後間もなく子どもを亡くし、心臓も患っている三千代は、平岡との仲も冷え切っているのだ。

経済的援助をするために何度も会ううちに、三千代への代助の思いは再燃する。その一方で、代助には資産家令嬢との結婚話が持ち上がる。これまでと違い、父が大いに乗り気なのだ。

代助は三千代に告白する。そして三千代も代助の愛を受け入れた。代助は平岡に三千代を譲ってほしいと願い、平岡も承諾した。

だが平岡は代助に恨みを抱き、経緯を伝える手紙を代助の父に送りつけた。激怒した父は勘当を申し渡す。父からも、兄からも仕送りが途絶えた。働くことを余儀なくされ、炎天下へ飛び出した代助にとって、世の中は真っ赤に燃えているようだった。

1929年（昭和4年）

# 太陽のない街

大正末期の労働争議を舞台にしたプロレタリア文学

徳永直

鋳造課38人の解雇が発端となって、大印刷会社である大同印刷で一大ストライキが勃発する。会社側の意図は労働組合の抹殺だ。

会社のまわりには工員たちのボロ長屋が広がっていた。この街は「太陽のない街」と呼ばれるほど日当たりが最悪だ。東京・下町にあるボロ長屋は「トンネル長屋」とも呼ばれていた。低賃金で働く労働者たちは、自分たちの生活を守ろうとストを決行するが、警察の弾圧は日に日に強くなり、生活の困窮は度を深めるばかりだ。

女工の加代は昔気質の病父から労働争議に加わるなと釘を刺されるが、姉の高枝は会社に屈しない姿勢を強めている。加代はその板挟みになって苦しむ。救いは、恋人である宮地の存在だ。

ところが宮地は争議の難航に業を煮やし、社長宅に放火するという暴挙に出る。警察は労働組合幹部を容疑者として次々と検挙したため、宮地は自首する。しかしこの時、加代の身体には宮地との子が宿されていたのだ。

間もなく、加代はこの世を去ってしまう。加代の死に刺激され、労働者たちは一層の抗戦を誓い合う。

こうした状況下、会社社長や政治家が調停を買って出る。しかし会社側は全員首切りを発表する。

組合には暴力団が押し寄せ、被害に遭《あ》った組合幹部・萩原を看護するうち、高枝と萩原は思い合うようになる。

工場が放火され組合幹部が次々と検挙されたのを潮時として、争議は終息に向かっていく。労働者側は負けたのだが……。

## 高瀬舟

**1916年（大正5年）**

森鷗外

罪人の生きざまに心動かされる同心

　高瀬舟とは、京都の高瀬川を行き交う小舟。徳川時代、京都の罪人が遠島（島流し）を申し渡されると、この高瀬舟に載せられ大坂へ回されることになっていた。罪人といっても凶悪な者ばかりでなく、ささいな心得違いのために罪を犯してしまった者も多かった。午後6時の鐘が鳴る頃、罪人は舟に載せられ加茂川を横切って下る。町奉行所ではこの護送の職務が嫌われていた。

　寛政の頃、喜助という30歳ばかりの男が舟に乗り、同心の羽田庄兵衛が護送を命じられた。ところが、喜助はいつもの罪人と違って晴れ晴れとしている。不可解に思った庄兵衛が何を考えているのか尋ねると、喜助は今まで苦しむばかりの人生だったこと、牢に入ってからは働きもせず食べさせてもらえるようになったうえに、遠島を申しつけられた者に与えられる200文という金まで持っていることが嬉しいと答える。それを聞いた庄兵衛は自らの人生を振り返り、喜助の無欲なさまと比べて感じ入る。庄兵衛は、この男が何故島送りになるのか、その理由を尋ねた。

　喜助は言った。自分は幼い頃両親と死に別れ、弟と2人で助け合って生きてきた。ところが弟は病気で働けなくなり、ある日仕事から戻ってみると蒲団の上で自殺を図っていた。しかし死にきれず、喉に刺さった剃刀の刃を早く抜いて楽にさせてくれと自分に懇願する。決心した喜助が剃刀を抜いたその時に、近所の婆さんが家に入って来た……。

　庄兵衛はこれが果たして人殺しなのかと思う。次第に更けて行く朧夜《おぼろよ》に、高瀬舟は黒い水の上をすべって行った。

1897年（明治30年）

# たけくらべ

少年少女の恋のすれ違い

樋口一葉

舞台は明治28年頃の吉原の隣町「大音寺前」。子どもたちは、金貸しの田中屋の息子・正太郎を筆頭とする「表町組」と、鳶《とび》の頭の倅《せがれ》・長吉の「横町組」の二派に分かれ対立していた。

大黒屋の美登利は表町組における女王様的存在。売れっ子女郎を姉に持つ彼女は、愛嬌があり金離れが良くて活発。密かに思いを寄せる子どもたちは多かった。表町組のリーダーである正太郎も、そんな一人。けれど美登利は、龍華《りゅうげ》寺の息子で同じ学校に通う藤本信如に思いを寄せているのだ。

ただ、信如は内気な少年である。美登利との仲をからかわれるのが嫌さに、美登利を避ける信如であった。勝ち気な美登利もまた、信如を見るとプイッと横を向いてしまうようになってしまった。

千束神社の夏祭りの夜。正太郎に子分を取られていた長吉は、表町組の溜まり場に殴り込みをかける。正太郎は不在だったが、手下の三五郎が餌食になった。それを見かねた美登利は、長吉に啖呵《たんか》を切る。長吉は美登利をののしり、泥草履を投げつけた。

秋。大黒屋の前で鼻緒が切れて難渋している信如に駆け寄る美登利。相手が信如だとわかると、顔を赤らめ赤い布きれを投げつけてしまう。思いとは裏腹な行動を取ってしまう二人。

やがて美登利が姉と同様、女郎として店に出る日が近づいた。髪を島田に結い、急に大人のようになった美登利。ある朝、大黒屋の門前の格子に、水仙の造花がさしてあった。送り主は誰も知らないが、その日は信如が修行に出た日であった。

**1941年（昭和16年）**

# 智恵子抄

高村光太郎

妻・智恵子に捧げる光太郎の情熱

彫刻家・詩人として活躍した高村光太郎は、智恵子に巡り会うまでデカダンな生活を続けていた。セザンヌに傾倒していた智恵子は、自らも絵筆を握って油絵を描く。進歩的女性誌『青鞜』の表紙も手がけた。彼女の童女のような純愛に心を打たれた光太郎であった。

智恵子は、生きる喜び、愛することの幸せを与えてくれた初めての女性だった。それまでの生活を改め、智恵子と新しい生活を営むことを光太郎は決意する。

智恵子も夫としての光太郎を愛し、芸術家としての光太郎を尊敬した。光太郎によって自らの絵の完成を試み、寝食を忘れて制作に没頭することもあった。だが智恵子は決意する。自分の才能を生かすよりも、良き妻として光太郎を支えていこうと。芸術への思いを断ち切ったかに見えた智恵子だが、才能への見切りが自信喪失につながり、折悪しく実家の父も逝った。さらに実弟の放蕩と実家の没落……相次ぐショックに、智恵子の精神は少しずつ狂っていく……。

病が進行したため、智恵子は妹の嫁ぎ先である九十九里で暮らし始めた。週に一度の光太郎訪問時以外は、正気を失っている智恵子。そんな智恵子を心配した光太郎は、東京の病院へ彼女を移す。だが智恵子は衰弱する一方だ。

おそれは現実のものとなった。智恵子は、レモンの雫《しずく》を光太郎に含ませてもらったのを最期に逝ってしまった。その後、戦争を経て、7年間の山ごもりの後、光太郎は立ち上がる。十和田湖畔の裸婦像完成直後に肺結核のため、光太郎も生涯を終えた。自らの命を犠牲にしたかのような、最期の仕事だった。

1925年（大正14年）

# 痴人の愛　谷崎潤一郎

若く美しい肉体に溺れる独身サラリーマン

東京の電気会社で技師をしている河合譲治は、一人暮らしの裕福なサラリーマン。とはいえ浪費癖があるわけでなく、会社では「君子」とあだ名されているほどの堅物だ。そんな河合でも、結婚に関しては進歩的な考え方がある。

浅草のカフェで働くナオミと出会ったのは、河合28歳、ナオミ15歳の時だ。西洋風の顔立ちや利発そうな雰囲気を気に入った河合は、ナオミを自宅に引き取って教育を施し、教養のある立派な婦人に育て上げた後に結婚しようと考える。ナオミの実家は貧乏な売春宿で、引き取りたいという申し出を、あっさりと承諾してくれた。

大森に文化住宅を見つけ、二人の共同生活が始まった。英語と音楽を学ばせる一方で、毎晩風呂に入れて身体を洗ってやる。ナオミの成長を記録するようにもなった。

期待に反して、ナオミはさほど頭の良い娘ではなかった。その代わり肉体は輝くほど美しくなり、河合は溺れこんでいく。

ナオミはだんだんと行動的になり、2人の男子学生を家に招くようになる。その後、彼女の希望で鎌倉に移転したものの、学生のひとり・熊谷の叔父の別荘が近所にあり、ナオミはそこで乱痴気騒ぎを繰り返していたのだ。大森の家も、もうひとりの学生・浜田との密会場所に使おうとした。

ナオミを追及するとたちまちに非を認め、二度としないことを約束する。しかし、それは嘘だった。激怒した河合はナオミを追い出してしまうが、結局は彼女の魅力に抗しきれず、なんでも言うことを聞くことを条件に結婚したのだった。

**1917年（大正6年）**

# 父帰る

菊池寛

家族を捨てた老父の帰還

10月初めのある夕方、黒田賢一郎は役所から帰り、くつろいでいた。家族は母のおたかと弟の新二郎、妹のおたねの4人暮らしである。20歳になるおたねを、賢一郎は財産のある家に嫁がせたいと思っている。ところが、母は財産より人柄が第一だと考えていた。というのも、かつて自分の夫が道楽で財産を使い果たし、挙げ句の果てに家族を捨てて家を出てしまったからだ。

弟の新二郎が帰宅し、父の幼な友達が父によく似た人を見かけたらしいと言う。しかし、彼が近づくと男はコソコソと行ってしまったとか。そんな話をしている時、おたねが帰って来た。そして家の向こう側に老人が立っていて玄関をじっと見つめていたと話す。そして食事時、突然「御免！」と入って来た男がいた。父だった。

憔悴《しょうすい》し老いた父の帰宅に母はうれしそうだ。次男の新二郎もおたねも目を輝かせる。それなのに賢一郎は、不快な表情を浮かべうつむいた。父は、身の上話を語ったあとで老い先の長いこともない者を皆頼む、と言い、盃をさしてくれと賢一郎に頼むが彼はそれを断る。そして、家族4人で自殺しかけたことや、自分が10歳の時から県庁の給仕をして働き一家を養ってきたことを冷ややかに語った。

新二郎と母は賢一郎をなだめるが彼は父を許そうとせず、新二郎は兄の代わりに自分が、と父に申し出る。

やがて兄弟の争いを聞いていた父は立ち上がり、出て行く。誰の心にも呼び戻したい気持ちがふくらみ、賢一郎は新二郎に父を呼んでこいと言う。新二郎は外に飛び出す。しかしどこにも父の姿はなかった。

# 土

**1912年（明治45年）**

長塚節

明治の貧しい小作人の日々

明治時代、鬼怒川沿いの寒村に住む貧しい小作人たちの中に勘次という男がいた。家族は働き者の妻お品と15歳の娘おつぎ、幼い与吉。ある冬の寒い日、お品は3人目の胎児を自ら始末したことがもとで破傷風にかかり、激しい発作と苦しみの中で亡くなる。駆け付けたお品の育ての父・卯平は勘次たちと同居することになった。

娘のおつぎは懸命に畑仕事を手伝うようになる。優しい彼女は折り合いが悪い勘次と卯平の間に入って2人の仲をとりもつが上手くいかず、またどれだけ懸命に働いても生活は楽にならなかった。勘次はやがて人の作物や薪《まき》を盗むようになる。勘次への疑いを晴らすため、おつぎがこっそり、盗んだものを遠くの川へ捨てに行ったこともあった。しかし、女性として成熟し、村の若者に追われるようになったおつぎを、勘次は厳しく監視し自由をまったく与えない。

おつぎが20歳、与吉が7歳になったある初冬、勘次とおつぎが開墾地へ出て働き、卯平と与吉が留守番をしていた時、与吉の火遊びが原因で火事が起こった。村人は火の手の方角が地主のほうであるとわかると地主の家に走り、協力して家財道具を運び出した。その後、勘次とおつぎも地主の家に駆け付けた。勘次とおつぎも地主の家に駆け付けた。おつぎは、困窮の中で何とか蓄えた衣類の喪失を悲しむ。

火事の後、他の家に預けられていた卯平が自殺しかけ、勘次は初めてこの老人の面倒をみようと決心する。それを地主のおかみさんに伝えるとともに、焼け跡で見つけた卯平の小銭をふところに入れた自らのやましさを打ち明けるのだった。

1919年（大正8年）

# 田園の憂鬱

佐藤春夫

田舎に移り住んだ繊細な青年の心の軌跡

彼は、武蔵野の端の田園に建つ茅葺《かやぶ》き屋根の家に、妻と2匹の犬、1匹の猫とともに移ってきた。都会のただ中で息がつまり、人間の重さで圧しつぶされるのを感じたのである。その家には荒れた廃園があった。隅には彼が最も愛する薔薇が幾株かよろよろと立っている。彼はこの花の木で自分を占ってみたい気持ちになり、薔薇に日が当たるよう、汗みどろになって柿の太い枝や梅や杉の枝葉を刈り落とした。

幾日かが過ぎ、薔薇のことは忘れられ、季節は夏から秋に変わっていた。夜になるとコオロギなどが鳴きはじめ、彼の気分もこの家に移ってからは平静を取り戻していた。しかし、やがて陰気な雨が続くようになる。

そして彼は眠れなくなった。時計の音、水のせせらぎ、夜更けの終列車の音が気に障る。やがてオルガンの音や、楽隊が奏でる行進曲が聴こえ始めた。

さらに彼は幻覚をも見るようになる。それは縮小と拡大を繰り返す無人の都会の夜の街だった。それらの幻影は、すべて彼の妻の都会へのノスタルジアが妖術的な作用で現れているのではないか、と彼は仮想してみた。

久しぶりに晴れた翌朝。彼は薔薇のことを思い出し、妻に採って来させたが、どの花もみな蝕まれていた。彼がそれを炭火に投げ込むと、一瞬ぱっと真青が広がった。その時、「お前は人生を玩具にしている、忍耐を知らない」という声が聞こえ、追い打ちをかけるように「おお、薔薇、汝病めり？」と。

その声は一体どこから来るのだろう。天啓か、予言か、ともかくも言葉が彼を追いかける。何処までも何処までも。

1885年（明治18年）

# 当世書生気質

坪内逍遥

明治時代の学生風俗がわかる青春長編小説

小町田が13歳の頃、父親と散歩をしていると、小町田より年下らしい少女が泣いているのを見かけた。

事情を聞くと、少女が3歳の頃にあった戊辰《ぼしん》戦争に巻き込まれて家族と別れてしまい、ある家の前に置き去りにされてしまったという。運良くその家の老婆がこの少女「お芳」を育ててくれたのだが、老婆が死ぬと養子の息子がひどい仕打ちをするので、逃げてきたというのだ。

気の毒に思った小町田の父親は、お芳を連れ帰り小町田の妹として育てる。ところが数年後、小町田の父は仕事をなくし、生活が苦しくなってきた。そこで自分の妾《めかけ》だったお常にお芳を預けることにした。

元芸者のお常は小常という名前で再びお座敷に上がることにする。お芳にも芸を仕込み二代目小常を名乗らせたのだが、お芳は当時人気の歌舞伎役者＝沢田田之助に似ていたことから、「田の字」と呼ばれるように。そして「田の字」のほうが客がたくさんつくことから、そのまま「田の字」に改名してしまった。

小町田は美男で秀才の大学生になった。そして東京・飛鳥山で開かれた塾の運動会で、偶然にも田の字＝お芳と再会するのである。久しぶりに会った2人は恋に落ち、小町田は田の字の元へ足繁く通うようになる。これが「小町田が芸者遊びをしている」と学校長に伝わり、小町田は謹慎を命じられてしまう。田の字にも会えなくなってしまったのだ。しかし小町田は、田の字との恋を諦めきれない。

実は田の字は、小町田の友人が小さな頃に生き別れた妹であることも、後に判明する。

# 夏の花

1949年（昭和24年）

原爆投下直後の広島を描いた反戦文学

原民喜

1945年（昭和20年）、39歳の原民喜は、広島で原子爆弾に襲われている。その時の体験を小説化したのが、この「夏の花」である。

原爆投下の時、私（原民喜）は厠《かわや》にいたので一命をとりとめたが、その時、私は突然、頭上に一撃が加えられ目の前が暗闇になる。なんとか、その状態から立ち直ると、周りの壁は脱落し、畳が飛び散っている。

原がいた場所は投下地点から1・2キロメートルのところだった。原はここから八幡村《やはたむら》まで避難するが、その途中に見た地獄を描いている。

私は、崩壊した家屋を乗り越え進んで行くと、顔を血だらけにした女の「助けてえ」と喚《わめ》く声が聞こえる。灌木《かんぼく》の側《そば》にだらりと豊かな肢体を投げ出して蹲《うずくま》っている中年の女性がいる。

川に出ると、突然熱風が頭上を走り、黒煙が川の中まで煽ってくる。そして突然の雨。さらに行くと男であるか女であるか区別もつかないほど顔がくちゃくちゃに腫れあがった人の群れに出会う。みな、「水をくれ」とか細い声を上げている。

「おじさん」と声をかけられ、振り向くとそこには身の毛もよだつ姿の二人の女性がいた。

途中、警防団の服装をした男が、火傷で膨脹した頭を石の上に横たえたまま、「助けてくれ、看護婦さん」と言うが、医者も看護婦もいない。

夜を迎え、朝になると、念仏の声がしきりと聞こえてくる。絶えず誰かが死んでいる。昨日、顔を黒焦げにしていた女学生の二人も死んでいた。そして、地獄はますます続く。途中で会えた女中は、火傷が化膿し蛆《うじ》が湧き1カ月後に死んだ。さらに爆風を受けた甥も1週間ほどで頭髪は抜け、鼻血が出だした。

1956年（昭和31年）

# 楢山節考

深沢七郎

穏やかに、そして決然と迎える死

信州の山間にある村に住むおりんは今年69歳。夫には20年前先立たれ、息子の辰平と4人の孫と暮らしている。そして、70になったら楢山まいりに行くことを決心していた。楢山まいりとは貧しい村の風習で、年老いた者が楢山へ死に行くことを指す。

おりんには気がかりなことがひとつあった。息子の辰平の嫁が昨年事故で亡くなり、後妻探しをしていたのだ。そこへちょうどよく、向こう村に辰平と同い年の後家が出来たことを知り、おりんは喜ぶ。

おりんは、以前から雪の降る日に楢山まいりに行く覚悟でいる。行く時に村人に振る舞う酒の準備も終わり、山で使うむしろなども作ってある。やがて7月が来て、楢山祭の前日に、後家の玉やんが嫁いで来た。

12月になり、辰平はようやくおりんを楢山まいりに連れていく決心がついたようだ。あと4日で正月という日に、おりんは村人を呼んで振る舞い酒を出そうと力強く言う。その晩、山へ行った人たちを招き、習わしどおりに楢山まいりの作法を聞いた。お山では物を言わない、家を出る時は人に見られない、帰る時は振り向かない。次の日の夜、辰平は背中にしょった背板におりんを乗せた。山を越え谷を過ぎ、楢の木ばかりの山頂に来ると、そこには白骨が点々と転がっている。死骸のない岩陰におりんを下ろすと辰平は泣きながらそこを離れた。途中で雪が降り始めた。辰平は掟を破って引き返し、岩陰から覗《のぞ》くとおりんは念仏を唱えている。雪で良かった、風が吹くより寒くない、そのままおっかあは眠ってしまうだろう……辰平は山を降りて行った。

**1952年（昭和27年）**

# 二十四の瞳

壺井栄

瀬戸内の寒村を舞台に先生と生徒の交流を描く

瀬戸内海に面した小さな村の分校に赴任した大石久子先生。1年生と2年生合わせて12人のクラスの担任となった。

母と2人で暮らし、入り江向こうの一本松のある村から片道約8キロを毎日自転車で通っていた。

二学期が始まってすぐ、先生は子どもたちのいたずらがもとで足を骨折してしまう。10日経っても半月経っても姿を見せない。先生が恋しい子どもたちはついに会いに行くことを決心。12人みんなで歩き始めるが、途中で草履は切れ、お腹は空き、道ばたでえんえんと泣き出して動けなくなってしまう。

そこへ乗り合いバスに乗った先生が現れた。走り寄る子どもたち。先生の頬には涙がとめどなくあふれ落ちる。

そして、先生の家で過ごし、みんなで一本松を背に記念写真を撮った。

時は流れ、時代は戦争のまっただ中。かつての教え子の男の子たちも出征していく。出発の日、先生は「生きて戻ってくるのよ」と一本松で撮った写真を送った。

終戦の翌年、13年ぶりに分校に戻った先生の歓迎会をかつての教え子たちが開いてくれた。12人のうち3人の男子が戦死、女子の1人が死に、1人は行方不明になっていた。

失明した男の子が一本松の写真を取り出す。「この写真だけは今でもはっきり見える。真ん中に先生、こっちが俺」と言いながら、指差していく。

少しずつずれていても明るく「そう。そう」と相づちを打つ先生の頬を涙が伝っていた。

**1923年（大正12年）**

# 日輪　横光利一

1人の絶世の美女が国を治めるまでの物語

不弥《うみ》の国の王女・卑弥呼《ひみこ》は絶世の美女だった。卑狗《ひこ》の大兄《おおえ》と婚姻が迫り、幸せな日々を過ごしていた。

しかしある日、敵対する奴国《なこく》の王子・長羅《ながら》が卑弥呼を見初めてしまう。長羅は、卑弥呼を奪うため父の国王に不弥の国への戦を進言。

だが、奴国の軍隊長・宿禰《すくね》は娘。香取《かとり》が長羅に恋していることもあり反対する。卑弥呼の婚礼の日が近づき、焦る長羅は宿禰を殺し、不弥の国へと攻め込んだ。

婚礼の宴で酔った人々を襲う奴国の軍。阿鼻叫喚の中、長羅は夫婦の寝室へと突進し、卑狗の大兄を殺して卑弥呼をさらうのだった。ところが、奴国に卑弥呼を連れ帰ると、好色な国王は一目で気に入ってしまい、自分の妻にしようとする。言い争いの末、長羅は父親を殺してしまう。その混乱に乗じ、長羅を父の敵として狙う宿禰の息子・訶和郎《かわろ》は卑弥呼と奴国を抜け出す。

逃げる途中で2人は邪馬台《やまと》の王・反耶《はんや》に捕まってしまう。反耶とその弟・反絵《はんえ》もまた卑弥呼の美しさに心を奪われ、訶和郎は殺される。卑弥呼は邪馬台と奴国とを戦わせようと考え、兄弟それぞれに気のある振りをする。2人は争い始め、反絵が兄を殺して王になり、卑弥呼は王妃となった。

卑弥呼が邪馬台の王妃となったことを聞いた長羅はすぐに出兵。奴国と邪馬台の軍は壮絶な戦いを繰り広げ、長羅と反絵は刺し違えて2人とも死ぬ。

ここに不弥・奴国・邪馬台の三国の女王・卑弥呼が誕生した。

## 人間失格

1948年（昭和23年）

太宰治

死の直前に記された凄絶な自叙伝

恥の多い生涯を送ってきた。私には人の営みというものがわからず、隣人と話ができない。そこで道化を考え出し、お茶目に見られることに成功したかに見えた。

しかし、中学校の同級生の中でもまるきり学課のできない竹一に見破られてしまう。その後は不安と恐怖の中で竹一を手なずけるためあらゆる努力を傾ける。

私は5年生に進級せず、4年を修了すると東京の高等学校を受験し合格。東京に出てくるが、高等学校にほとんど通わず酒と煙草と淫売婦と質屋と左翼思想で気を紛らわす生活を送る。その頃、自分に好意を寄せていた3人の女性のうち、銀座の大カフェにつとめるツネ子と鎌倉の海で入水自殺を試み、私ひとりが生き残る。学校から追放された私は、新宿の雑誌社に勤めるシヅ子の家で男めかけ同様の暮らしをはじめる。しかしある日、部屋の外からシヅ子とその5つになる女児の幸福そうな笑い声を聞き、それきりアパートには帰らなかった。

その後、京橋近くのスタンド・バーの2階にまたもや男めかけの形で住み込む。漫画で細々と生計を立てて暮らすうち、近くの煙草屋の処女ヨシ子を内縁の妻にし隅田川近くのアパートに住むことになったが、ある日ヨシ子は犯される。

自分は睡眠薬自殺を図るが死に切れず、安酒に浸りモルヒネ中毒になり、やがて故郷の父の差し金で脳病院に入れられる。

もはや自分は人間ではない。今、幸福でも不幸でもなくただいっさいは過ぎていく。今年27になったが、白髪がめっきり増え、たいていの人から40以上に見られる。

# 人間の条件

1956年（昭和31年）〜1958年（昭和33年）

己の良心に恥じぬよう生きぬいた男

五味川純平

昭和18年の満州、製鉄会社の調査部に勤務していた梶は、自分の作成した報告書が認められ、鉱山の労務管理を命じられる。

戦争に疑問を感じていた梶にとって、その職に就くことで得られる召集免除という特典は大きなものだった。

会社の同僚・美千子と結婚して意気揚々と赴任する梶。しかしそこでは、現地の工人や中国人捕虜たちが強制的に過酷な労働を強いられていた。

現場監督の非道な仕打ちに対抗する梶。工人たちと交流し、現状での最適な作業環境を模索していく。そのさなか、過酷な労働に耐えられなくなった捕虜たちが逃亡を企て、憲兵に捕まってしまう。斬首されるところを梶がかばい、処刑は免れる。

しかし、梶の召集免除は取り消され、臨時召集されることになった。それでも梶は己の良心に従い、幹部候補生としてではなく下級兵士として入隊し、ソ連との最前線へと赴いていく。

下級兵士のため、部隊ではさまざまな体罰を受けるが、やがてソ連国境付近でソ連軍の猛攻撃を受けた部隊は壊滅。梶は生き残った数人の兵を連れて、南へと向かう。

避難民と合流するなど逃避行を続けていくものの、とうとう捕まりソ連の捕虜収容所に収容される。

ある時、梶は収容所内で捕虜同士の諍《いさか》いから相手を殺してしまう。鉄条網を越えて脱走し、美千子の待つ新京へ向かう梶。だが、やがて餓《う》えと寒さで倒れてしまう。その梶の上に、降りしきる雪が積もっていった。

1906年（明治39年）

# 野菊の墓

伊藤左千夫

純愛！ 明治版「ロミオとジュリエット」

斎藤政夫は旧家の次男として育つ。政夫が15歳の時、病弱な政夫の母の看病と家事手伝いのため斎藤家にやってきたのが、2つ年上でいとこの民子。

二人は幼少の頃から仲が良く、民子が斎藤家へ奉公に来た後も、政夫と民子の親しさに変わりはなかった。政夫が読書をしていると、民子は「私も手習いを……」と書斎に押しかけて邪魔をする。政夫もそんな民子の行為を嫌がるでもなく、むしろ、民子との「じゃれ合い」を楽しんでいた。

そんな2人の関係は、斎藤家の兄嫁らの心ない噂話で一変してしまう。意地悪な噂のせいで、いつしか本人同士も互いを意識するようになっていた。

ある日、母の言い付けで山へ綿を採りに出かけた時、二人は初めて互いに相手に恋心を抱いていることを実感する。しかし、それは同時に、二人の仲が引き裂かれる運命の時でもあった。政夫は中学校の寮に入れられ、その間に民子は意地悪な兄嫁の中傷によって、実家へ追い返されてしまうのである。そして、政夫の母や親類に勧められるまま、民子はやむなく別の家へ嫁ぐことになる。

ある日、政夫の元へ民子の死を知らせる電報が届く。嫁いでも政夫への思いを断ち切れないでいた民子は、心労がたたり流産してしまう。その後の経過が悪く、ついには命を落としてしまったという。民子は政夫の写真と手紙を握りしめたまま、息を引き取ったのだ。

政夫は、民子が眠る墓へ7日間通い続け、民子が好きだった野菊の花を一面に植え、彼女の愛に応えるのであった。

# 野火

1952年（昭和27年）

大岡昇平

極限状態でのカニバリズムを克明に描く

太平洋戦争中、フィリピンのレイテ島に送られた「私」は、肺病になって野戦病院に入る。しかしベッドの空きはなく、近くの林で一夜を明かす。

翌朝、米軍の急襲に遭って仲間は散り散りになり、ここから私の彷徨《ほうこう》が始まる。島をさすらううちに3人の日本兵に会い、道中で多くの日本兵と合流し、パロンポンを目指す。なかには病院で知り合った永松と安田もいた。

しかし、一行は途中で米軍の待ち伏せに遭い、再び散り散りになる。私は再び孤独な彷徨を続け、やがて、死にかけた日本人将校に出会う。将校は飢えた自分を哀れんでこう言う。「俺が死んだら食べてもいいよ」。逡巡した後、私は剣を抜いたものの、剣を握った右手を左手が制し、将校を食べずにすんだ。

彷徨の末、力つきて倒れた私だが、再び永松と安田に会い、一命をとりとめた。永松は「猿の肉」という干肉を食べさせてくれた。私は「猿」という言葉に不信感を抱くが、後になってやはりそれが人肉だったことを知る。

やがて3人の間でみじめな殺し合いが起こる。飢えに耐えきれなくなった安田が永松を射殺し、その死体を切り分け始めたのだ。私はその姿に怒りを感じ、口元を血で染めた安田に銃口を向ける。

レイテ島での記憶はここで途切れる。気がつくと私は捕虜になっており、この話が精神病院で書かれたものだったことが明らかにされる。

# 伸子

**1928年（昭和3年）**

宮本百合子

夫と決別する昭和女性の鑑《かがみ》

伸子は母親の束縛から逃れたくて、仕事で渡米する父親に同行した。そこで15年間も古代言語研究で留学生活を送る佃と出会う。

伸子は、社会的地位や経済力のなさで自信が持てずにいる佃に、自分のほうからプロポーズし結婚した。

帰国した伸子に対し、彼女の実家の母は勝手な結婚を怒っていた。日本で大学教授となった夫との生活は現実には、互いを高め合うような理想の家庭ではなかった。佃に幻滅した伸子は小説の創作に没頭するが、作品の中で母を批判したため実家への出入りも禁じられ、孤独感は一層高まってしまう。

離婚を考え別居を望む伸子に対し、夫は世間体を理由に拒み、気持ちが動かないとわかるとすすり泣きまでする。いったんは要求を取り下げるのだが、しばらくして夫は病に伏す。伸子は看病生活に、さらに悶々とした日々を送ることになる。

そんなある日、ロシア文学を専攻している吉見素子と知り合う。素子は雑誌編集のアルバイトをしながら、自立して生きる女性だった。伸子は思い描いたように文学を語り合える素子と急速に親しくなった。

素子は、伸子が夫から逃れるためにいた祖母の家にも訪ねてくる。伸子は改めて離婚を決意し、佃に手紙を送った。佃は東京に戻った伸子を説得しようとするが、翻意できない。

あきらめた佃が鳥籠の鳥たちを逃がすと、1羽だけが戻ってきた。「鳥でさえ戻ってくるのに……」と嘆く佃。だが、伸子は「飼い鳥になってはたまらない」と思うのだった。

# 破戒

**1906年（明治39年）**

島崎藤村

被差別部落出身者の苦悩と決意

信州飯山の小学校教師、24歳の瀬川丑松《うしまつ》は、父親から「被差別部落の出身者であることを隠せ」との戒めを受けていた。

しかし丑松は、同じ被差別部落出身でありながら、それを公表しているばかりか、差別撤廃のために闘う思想家・猪子蓮太郎《いのこれんたろう》を尊敬しており、自分の生き方について、父の「戒め」との間で深く悩んでいた。

その父が死んだ。死に際しても「戒めを忘れるな」と言っていたという。丑松は故郷に向かう汽車の中で偶然会ったことがきっかけで、猪子と親しくなった。

父の葬儀後、職場のある飯山に戻ると、丑松の素性を知っているという政治家・高柳が現れ、一方、校内には「教師に部落出身者がいる」との噂が流れたりした。

丑松は思いを寄せるお志保に出自を知られることをもっとも恐れ、持っていた猪子の著作すべてを手離すという選択をする。

ところが飯山で選挙戦が始まると、高柳に対抗する議員・市村弁護士と一緒にやってきたのは猪子だった。

丑松は、今度こそ自分のことを話そうと猪子を訪ねるが、猪子は反対派に殺されてしまう。この事件をきっかけに丑松は父の戒めを破り、出自を明かそうと決意した。

丑松は、小学校で教え子たちの前にひざまずいて、真実を隠してきたことをわびた。親友・銀之助やお志保は、彼への理解を示したが、結局丑松は学校を去ると猪子の遺骨とともに東京へ向かう。さらに、同郷の大日向を頼って、テキサスへと向かうのだった。

**1947年（昭和22年）**

## 白痴　坂口安吾

白痴の隣人との奇妙なラブストーリー

主人公の伊沢は27歳で大学を卒業し、新聞記者を経て現在は文化映画の演出見習いをしている。しかし伊沢は、実は新聞記者も演出家も俗物ばかりだと嫌っている。

伊沢が間借りしている家の隣に、ある夫婦がいた。伊沢は配給を受け取りに行く際、何度か女のほうに会ったことがあるが、いつもおどおどし、何かつぶやいている様子だった。

ある日、伊沢が帰宅すると、隣家の女がいた。叱られたので逃げてきたという。伊沢は近隣のことや自分と女の関係を考えて苦悩するが、女を泊めることにする。布団を敷いて寝かせるが、女は何度も起き出しては押入の中に入ってしまう。伊沢は仕方なく、一晩中女の髪をなでて過ごす。

この日から女は伊沢の家に住むようになる。女は家事を一切せず、ただ伊沢の帰りを待つばかり。

一方の伊沢も、家を出ると女のことはすっかり忘れる生活が続く。

やがて戦争が激しくなり、伊沢は空襲で女が死んでくれればいいと考えるようになる。

そしてある日、伊沢の家周辺を米軍の爆撃機が襲った。伊沢は女を連れて逃げる。ついてくるように女にいうと、女は黙ってうなずく。この女が初めて見せた意思表示に、伊沢は感動する。

逃げ疲れ、眠り込む女を見ながら、もうすべて投げ捨てて逃げようかと考える伊沢だったが、それすらも面倒だった。

翌朝に女を起こして歩き出そうと考える伊沢だった。

# 鼻

**1916年（大正5年）**

芥川龍之介

人間のコンプレックスを見事に喝破する

禅智内供《ぜんちないぐ》の鼻といえば、長さが5〜6寸もあり、近隣で知らぬ者はないほど極端な代物だった。

内供自身も気に病んでいたが、日頃は気にならないようなそぶりをしている。僧侶の身であるだけでなく、鼻を気にしていることを周囲に知られたくなかったからだ。

内供は自尊心を回復するためにさまざまな努力をした。

たとえば自分の鼻が短く見える角度を探したり、自分以上の鼻を持つ人を探したり。同時に、鼻を短くする医術を探したりもしたが、どの方法もうまくいかなかった。

ある年の秋、弟子の1人が鼻を短くする方法を京から聞いてきた。鼻をゆでて人に踏ませるという方法だった。内供は早速試してみた。この方法が成功し、内供はようやく短い鼻を手に入れた。

これで誰も内供の鼻を笑うことはないだろうと思ったが、2〜3日もすると逆の反応が返ってくる。鼻が長かった頃よりも人々に笑われるようになってしまったのだ。

人の感情には矛盾した部分がある。他人の不幸を笑う感情と、その不幸がなくなるともう一度不幸に陥れたいという感情だ。内供はその傍観者の利己主義に気づき、鼻が短くなったことをうらめしく思うようになった。

そんなある日、鼻に異変が起こり、翌朝目覚めるとあの感覚が戻ってきた。

鼻はすっかり元に戻っていた。内供は、これで誰も自分を笑うことはないだろうと安心する。

1943年（昭和18年）

# 巴里に死す

プラトニックの愛を超える悲劇

芹沢光治良

「私」の古い友人である医師の「宮村」の令嬢が結婚式を挙げた。

　その後、私は宮村から相談を受ける。パリ滞在時代に、亡き妻が書いた手記があるという。ノートには「娘が結婚するときに渡してくれ」との伝言があった。そのノートを娘に見せるべきかどうか、宮村は悩んでいた。ノートを開いてみると、伸子夫人がいかに宮村を愛していたかが書かれていた。

　宮村はパリへ渡る際に「青木鞠子《まり》」という差出人の手紙を船から捨てようとしていた。それを見た妻に、かつてプラトニックに愛した女性がいたことを告白した。

　以来、伸子はいつもこの「鞠子」という女性を思いだしては苦しい思いをしていた。そして、鞠子という女性に負けない理想的な女性になろうと努力する。

　伸子が妊娠した際、宮村は彼女が肺結核であることを理由に、出産を思いとどめようとする。しかし彼女は、子供を産むことが「青木鞠子」を超える方法だと考え、無理な出産を覚悟する。そしてその子の名を「万里子」と命名する。病後の伸子は無理がたたって帰国の途中で死去する。

　その手記を万里子に見せるように私は宮村に勧める。その後、万里子から一通の手紙が届く。そこには、一途に父を愛した母を悲しく思うが、自分もその道を歩むと記されていた。

# 彼岸過迄

1912年（明治45年）　夏目漱石

須永と千代子との間が気になる敬太郎

田川敬太郎の友人・須永市蔵は母と二人暮らしだが、余裕のある生活を送っているようだ。それが彼の退嬰《たいえい》主義の理由のなかばを占めているようにも思える。敬太郎は須永に対し「青年があんなでは駄目だ」と考えたり、うらやましがったりしている。

ある日、須永を訪問した敬太郎は、一人の女が須永の門をくぐるのを目撃する。須永の家の2階には平生と変わったところはなく、女の姿も見えない。気になりながらも、女のことを質問する勇気の出ない敬太郎であった。

以来、敬太郎は須永と女の関係が気になってしまう。女は須永の従姉妹にあたる田口千代子であることを知るが、敬太郎にはそれ以上の、すなわち一対の男女として認める気持ちがあった。しかし敬太郎は、千代子の結婚話を耳にする。

須永を郊外に誘った次の日曜日、敬太郎は千代子の結婚の噂を口にした。須永は「今度はうまくまとまればよいが」と言いつつ、長い話を始めた。

須永によれば、千代子が生まれた時、須永の母が千代子を須永の嫁にもらいたいと頼んでおいたのだという。

母自身が千代子を好きなので、須永が嫌うはずはないというのが理由だ。須永は千代子に好意を抱いてはいるのだが……。

敬太郎は須永の叔父にも話を聞いた。須永の母は、千代子を彼の嫁として迎えたい気持ちを強固に持っている。だが須永は、卒業まで待ってもらうように母に頼んだ。敬太郎は、この劇が、今後どう永久に流転していくのかを考えた。

1964年（昭和39年）

# 秀吉と利休

尊敬と憎悪が入り交じる、秀吉の利休への思い

野上弥生子

千利休は秀吉の寵愛を受けてはいるが、聚楽《じゅらく》第《だい》にいる間は心休まる間がなかった。

秀吉が、時間かまわず訪れるからである。その背景には利休の虚をついてやろうとする意地悪もある。

ある日、利休は大徳寺の僧・古渓を訪れた。利休にとって、古渓は心おきなく語れる相手である。利休は古渓に、一番弟子の山上宗二が小田原にいることを伝えた。宗二は秀吉の機嫌を損ね、処払いとなっているのだ。古渓は利休に、自身の木像を作るよう誘いかけ、利休はそれに応じた。

やがて秀吉が小田原攻めをした際、利休も同行した。その利休の元へ、北条氏政の大伯父・幻庵に茶の稽古をしていた宗二がひっそり訪ねてきた。利休は宗二に対し、秀吉と会うことを勧め、宗二は翌日、秀吉を訪ねる。秀吉は上機嫌で自分の処へ戻るよう伝えたが、「戻る」といった幻庵との約束に宗二はこだわり続けた。激怒した秀吉は、宗二の首をはねた。

秀吉の弟・秀長が死んだ。利休の地位は秀吉だけでなく、半分は秀長から与えられたようなもの。後ろ盾が半分なくなったのだ。

ある日、利休に災難が降りかかってくる。古渓から勧められた木像が仏たちと一緒にあることを秀吉に咎められたのだ。古渓は秀吉へ弁明するよう説得したが、利休は応じない。秀吉に対しご機嫌取りをする生活に疲れたのだ。

権力者・秀吉が、唯一引け目を感じる相手。それだけに、秀吉は利休を非常に高く評価していた。けれど謝らない利休。そんな利休に、秀吉は不本意ながら詰め腹を切らせてしまうのだ。

# 病牀《びょうしょう》六尺

1902年（明治35年）　正岡子規

自らの病状を観察した子規最期の記録

俳人正岡子規が死に向かって記録していった病状記。127回目（9月17日）の文章が絶筆。

病牀六尺。これが私の世界だ。しかもこの六尺が私には広すぎる。（5月5日）

病が進行するに従って、なんとも言えない苦痛がある。死んだ人か、死に際の人でなければわからぬことだろう。同病相憐れむ相手と文通していたが、看護人を離さず、命令に従わぬと腹が立ち、見舞客に好き嫌いがあり、食いたい時に過度に食すといった点は彼と同じである。（5月28日）

病を得てから7年になるが、最初はさほど苦しいとは思わなかった。煩悶して狂人にでもなりたく思うようになったのは去年のことだ。そうなると、朝から晩まで誰かに看護してもらわなければ暮らせない状態になった。（7月16日）

このごろは痛みが少し治まるに任せて、なかなか俳句が思い浮かばない時に、昔の俳人はこうした夏の日はどのように過ごしたのか——芭蕉の句などを掲げれば、その様子が眼前に浮かんできて実に面白いことだ。（7月30日）

このごろはモルヒネを飲んだ後に写生することがなによりの楽しみになっている。朝はモルヒネを飲んでエゾギクを写生した。午後になって頭はたまらなくなり、あまりの苦しさに泣き叫ぶほどになってきた。本来の時間より早く二度目のモルヒネを服用したのが3時半だった。（8月6日）

暑くなってきたので、このごろは目を開けることさえでき難くなった。（9月1日）

肺病の　夢みるならん　ほと、ぎす
拷問などに　誰がかけたか（9月17日）

1947年（昭和22年）～1948年（昭和23年）

# ビルマの竪琴

竹山道雄

戦地で生まれた人間賛歌

珍しく元気よく帰ってきた兵隊の、隊員の一人がこんな話をしてくれました。

私たちは本当によく歌を歌いました。水島上等兵は隊に入ってから音楽を知ったのですが、たちどころに楽器の腕を上げ、楽器さえも自分でこしらえてしまいます。特に一番使っていた楽器は竪琴です。

危険な森では、水島上等兵がビルマ人の服装に着替えて偵察に行きます。その格好をすると、どこから見てもビルマ人。そして安全を確認できたら、その合図として水島上等兵が竪琴を弾くのです。

イギリス軍の捕虜になった私たち。ある日、降伏しない日本兵の説得役に水島上等兵が任ぜられました。彼は役目を果たしたら帰ってくることになっていましたが、いつまで経っても戻ってきません。

その後、私たちは水島上等兵そっくりのビルマ僧をたびたび目にするようになります。合唱していると、群衆の後ろに立っていることもあります。一緒に歌おうと手を挙げて催促しても、彼は黙っていました。

ある時、隊長がインコを買って「お～い、水島、一緒に日本に帰ろう」と教え込みました。そして私たちの帰国が決まった際、物売りのおばさんにインコを預け、あのビルマ僧に渡すようお願いしました。

帰国前日、あのビルマ僧が現れました。肩に乗ったインコが、私たちが教え込んだ言葉をしゃべっています。私たちが「埴生の宿」を歌い始めると、僧はがっくりと首をたれ、竪琴を取り上げて伴奏をかき鳴らしました。

やはり彼は、水島上等兵だったのです。

# 蒲団

**1908年（明治41年）**

田山花袋

文壇の話題を呼んだ私小説のさきがけ

文学者・竹中時雄は、その美文調の文章が多少の注目を集め、地方のファンからファンレターを受け取ることも少なくなかった。その中に、何度も熱烈な手紙を送ってくる横山芳子という女学生がいた。芳子の求めに応じ、時雄は卒業後の弟子入りを認める。

実際に芳子に会ってみると「美しいこと、理想を養うこと、虚栄心の高いこと」が特徴で、明治の女学生の特性をしっかりと備えていた。

一方、時雄の妻は「温順と貞節」だけが長所で、時雄の文学者としての苦悩を受け止めてはくれなかった。

そんな妻に不満を感じていた時雄は、自分を「先生」と慕う芳子に心を奪われていく。最初の2カ月は芳子を自宅に住まわせていたが、周囲の反対もあり、妻の姉の家に預けることにした。

そして1年半が過ぎ、芳子に恋人ができる。岡山の実家に帰省した芳子は、その帰りに京都にいる恋人・田中と2日間を過ごす。芳子は「汚れた行為」はなかったと言うが、時雄は激しく嫉妬し、内心は悶々としながらも、師という立場上、2人のよき理解者であるかのように振るまい、監督を理由に芳子を再び家に住まわせる。

やがて田中が芳子を追って上京し、2人で暮らしたいと言い始める。時雄は芳子の父親を呼び寄せて説得を試みるがうまくいかない。話し合いの結果、田中と芳子の仲は引き裂かれ、芳子は郷里に帰っていった。

時雄には再び寂しい生活が訪れた。時雄は去っていった芳子を思い、芳子が使っていた蒲団を取り出し、その残り香に涙するのであった。

## 俘虜記

**1952年（昭和27年）**

大岡昇平

米軍俘虜となった著者の実録小説

主人公の「私」が、米軍俘虜となり、解放されるまでの実録小説。全部で15の短編からなっている。

中でも有名なのは、「私は昭和二十年一月二十五日ミンドロ島南方山中において米軍の俘虜となった」という書き出しで始まる第一編の「捉《つか》まるまで」である。

「私」＝35歳の大岡は、3カ月の教育の後、フィリピンのミンドロ島に派遣された補充兵で、すでに日本の戦勝を信じていなかった。部隊の大半はマラリアにかかり、私もそうだった。そこで足手まといになるのを嫌い、1人で死を覚悟して山中に水を探しに出る。

私は銃と剣を捨て、自殺のために使う手榴弾を腰につけて眠る。衝撃を感じて目を覚ますと、米兵が銃を構えており、私は米軍の俘虜収容所に送られる。

ここまでが第一編である。

物語はその後、サンホセ野戦病院で治療を受け、快復してからのストーリーが続く。

当時の戦時教育を受けたにしては、私は俘虜になることに感情的な抵抗はなく、むしろ人権を重視するアメリカの姿勢に共感さえ覚える。

収容所の中には個性的な人物が多数いる。たとえば脱走を企てる者や、人肉を食べたと豪語する人々である。

8月6日には広島へ、9日には長崎に原子爆弾が投下され、日本の敗戦が濃厚になる。それは多くの俘虜にとって、母国に帰れるという知らせであった。そしてついに11月17日、私は2000人の俘虜とともに復員船「信濃丸」で帰国する。

# 放浪記

**1949年（昭和24年）**

林芙美子

自らのバイタリティ溢れる半生を記した自然小説

この小説は、著者の林芙美子自身を主人公とする日記小説である。

ストーリーは、「私は宿命的に放浪者である。私は古里を持たない」という一節から始まる。主人公の幼年時代からの「捨てられた人生」から始まり、半生を経て男に捨てられるところからスタートする。芙美子は当時の恵まれない労働者としてさまざまな仕事を渡り歩く。

その一方で、芙美子の周囲には次々と男たちが現れる。同じ下宿に間借りしている男、新劇俳優といった面々だ。新劇俳優とは同棲までするが、金銭問題や、隠れて女優と付き合っていたことが発覚し、別れることに。

生活は苦しいままだったが、文学者でもあった芙美子には、うれしいこともあった。友人となった詩人の女性と2人で詩作活動を始め、自らの作品が新聞や雑誌に時折載ることもあったのだ。

その後も何人かの男性と付き合った後に詩人と結婚する芙美子。夫の友人たちとも交友が広がり、楽しい時を過ごす。しかしそれも長くは続かなかった。

夫と別れることになり、東京を離れて出身地の尾道へ帰ろうとする。途中、大阪や神戸で下車して、そのままそこで暮らそうかと思うことも。

結局東京に戻るが、突然旅に出てしまうこともあった。

この頃、同じ文学者だった平林たい子に出会い、文学への傾倒をより深めるようになる。

そしてこの厳しい半生を綴った『放浪記』の新聞連載によって、作家として初めて成功するのだった。

1937年（昭和12年）

## 濹東綺譚《ぼくとうきたん》

永井荷風

どこへも行きかねる切ない愛の物語

「わたくし」は、老作家で「失踪」という名の小説を書きかけている。

主人公は種田順平といい、家庭内の喧噪に耐えられずに51歳で教師を退職し、退職金を持って行方をくらましてしまう。

そこまで書いた「わたくし」は、小説の舞台をどこにするか考えながら、濹東（墨田区の東）の私娼街・玉の井のあたりを散策する。

6月のある日、玉の井で夕立が降った。傘をさして歩いていた「わたくし」に、「檀那《だんな》、そこまで入れてってよ」と言いながら若い女性が入ってきた。

送っていくと、女は溝際の家に住んでいた。家はきれいに片づいていた。帰り際、女は三味線のバチのカタチをした「安藤まさ方　雪子」という名刺をくれた。

やがて梅雨が明けて初夏になった。近所のラジオの音に悩まされ、「わたくし」の筆は一向に進まない。小説の主人公と同じく喧噪を嫌う「わたくし」は、濹東を訪れて雪子の家に寄ることが多くなってきた。

あるとき、お雪は「わたし、借金を返しちまったら、あなた、おかみさんにしてくれない」と言う。それを聞いた「わたくし」は落ち着かない気持ちになる。

9月半ばになり、小説は完成した。完成に至るまでにお雪がどれほど助けになったたか、感謝の気持ちに堪えないが、お雪の心に応えることはできない「わたくし」は、お雪に袷《あわせ》をあつらえる金を渡して、遠回しに別れを告げる。

お雪の入院を知ったのは、十五夜の夜である。何の病かもわからない。

# 坊っちゃん

1907年（明治40年）

夏目漱石

痛快江戸っ子教師が田舎町で奮闘

「親譲りの無鉄砲で小供の時から損ばかりしている」おれは、清《きよ》という下女に可愛がられて成長し、物理学校を出て校長の紹介で四国は松山の中学校に数学教師として赴任する。

行ってみれば、猫の額ほどの漁村に感じの悪い田舎者ばかり。こんな所に我慢が出来るものかと思うが仕方がない。学校にはさまざまな教師たちがおり、おれは校長に狸、教頭に赤シャツ、英語教師にうらなり、数学の主任教師に山嵐、画学に野だいこなどとあだ名を付ける。一方、生徒たちはおれが町で天麩羅蕎麦や団子を食うたびに教室で冷やかし、宿直の夜には蒲団の中にバッタ（イナゴ）を入れるなど悪さばかりを繰り返す。

とあるいざこざが原因で下宿を変わることになったおれは、その家の婆さんから「赤シャツがうらなりの婚約者のマドンナを横取りした」という噂を聞く。うらなりは赤シャツの策略で日向の延岡に転任させられることになってしまう。赤シャツへの反発を強めるおれは、山嵐から赤シャツが芸者遊びに興じているという話を聞き、ふたりで赤シャツをとっちめる計略を練る。

日露講和条約の祝勝会の日、中学校と師範学校の生徒がけんかを始め、仲裁に入ったおれと山嵐は巡査に捕まり新聞沙汰に。それらはすべて赤シャツの策略だった。

辞表を出させられた山嵐とおれは、最後に赤シャツとその腰巾着である野だいこに拳骨で制裁を加える。おれたちは意気揚々と引き上げ、おれはその足で東京へと帰ってきてしまう。その後、街鉄（路面電車）の技手となり、清を引き取り一緒に暮らした。

## 不如帰《ほととぎす》

**1901年（明治33年）**　徳冨蘆花

家庭不和&病気という苦悩に陥った女性のメロドラマ

　この作品は、明治時代の人々の心情に訴えかけ大人気となり、ベストセラーとなった。

ヒロインは川島浪子《なみこ》。彼女の夫は海軍軍人で、少尉の川島武男という。浪子の実父もまた軍人だが、こちらは陸軍の管理職・少将である。

　武男の母、すなわち姑に対して、浪子は献身的にけなげに尽くす。だが、姑は、嫁の浪子に厳しい。よくある嫁と姑の不和である。

　さらに、ここに千々岩《ちぢいわ》という男が絡んでくる。この男は、武男のいとこだった。千々岩は、浪子に好意を寄せていた。また、なおかつ浪子の父が陸軍の偉い人だと知っていたから、千々岩には出世を狙う野心もあった。なのに武男に浪子をとられてしまったから、何かと夫婦に邪魔立てをしてきた。しかし、愛し合う武男と浪子は、めげなかった。

　浪子への不幸はさらに襲ってくる。浪子は難病の結核にかかってしまったのだ。だが、病気になった浪子に対しても、姑は同情などせず、つらくあたる。

　そして姑は、決定的な暴挙に及ぶ。武男がいない間に、勝手に浪子を離縁してしまったのである。主な理由は、「結核にかかってしまった女では、跡継ぎだって産めないではないか」ということだった。

　気持ちが残っていた武男は悲しむが、現実を受け入れ、浪子と別れた。その後、浪子と武男は一瞬、汽車のなかですれ違ったが、名前を呼び合うだけで終わった。それを最後に、浪子は死ぬ。

　武男は浪子の墓前で、浪子の父と一緒に、涙を流すのだった。

1892年（明治25年）

# 舞姫

森鷗外

エリート留学生と美しい西洋人女性との悲恋

主人公は、太田豊太郎。学業優秀だった彼は官僚となり、国費留学の機会を得て、ドイツに渡る。

ある日、泣いている娘を見かける。聞くと、「父が死んだんです。でも、貧乏で葬式もできないのです」と身の上を明かす。娘の名はエリス。仕事は踊り子。

豊太郎は持っていた金と時計をエリスに渡し、これを足しにするようにと言う。そして二人は、恋に落ちた。

だが、国費留学生の豊太郎が、こうした関係に陥ることは許されなかった。結局、事実が明るみに出て、豊太郎はドイツにいるまま官僚をクビになってしまう。

途方に暮れる豊太郎だったが、親友の相澤が彼を救ってくれる。相澤は豊太郎と同じく、エリートだった。日本で大臣の秘書を務めている。この相澤が、豊太郎にドイツの通信社の仕事を紹介してくれたのである。豊太郎は生活の基盤を得て、エリスとエリスの母親と一緒に暮らすことになった。

やがて大臣とともに、相澤がドイツを訪問してきた。相澤は、大臣に豊太郎を紹介する。豊太郎の有能ぶりを知った大臣は、日本に一緒に戻ろうと言い出す。

豊太郎は迷う。なぜならエリスと別れなくてはならないからだ。相澤からは「あの女とは別れたほうがいい」とアドバイスもあった。結局、豊太郎はエリスを残して日本に戻ることになる。

主人公のモデルは、森鷗外自身である。また、エリスはユダヤ人であったという説が濃厚である。物語には書かれていないが、現実のエリスは、日本に鷗外を追ってきたという。

1901年（明治34年）

# 武蔵野

国木田独歩

見たままを文章に著す自然派小説の傑作

武蔵野について書き込んである古い地図を見たことがある「自分」は、その武蔵野がいまどうなっているかに興味を持ち、武蔵野に住み、見たり感じたりしたことを書いてみたいと考える。

そして、武蔵野のイメージを求めて、まだ田畑や山林が残っていた武蔵野を訪れる。明治当時の武蔵野は、渋谷、世田谷、中野、小金井あたり。現在では宅地化が進んでいるが、当時はまだ広葉樹の生い茂る自然の中にあった。

「今の武蔵野は林である。林は実に今の武蔵野の特色といってもよい」。この文章にある「林」とは広葉樹林であり、旧来日本で美とされてきた針葉樹とは異なる。

国木田独歩は日本で初めて広葉樹の美しさを描写した作家であり、その著作によって武蔵野の美しさが認められるようになったといってもよいだろう。

「武蔵野に散歩する人は、路に迷うことを苦にしてはならない。どの路でも足の向く方へゆけば必ず其処《そこ》に見るべく、聞くべく、観ずべき獲物がある。武蔵野の美はただ其縦横《よっ》に通ずる数千条の路を当《あて》もなく歩くことに由て始めて獲《え》られる。

春、夏、秋、冬、朝、昼、夕、夜、月にも、雪にも、風にも、霧にも、霜にも、雨にも、時雨にも、ただこの路をぶらぶら歩いて思いつき次第に右し左すれば随所に吾等を満足さするものがある。（中略）武蔵野を除いて日本に此の様な処が何処《どこ》にあるか……」

この新たな自然観が、現在の武蔵野の原点となっている。

1940年（昭和15年）

# 夫婦善哉

織田作之助

遊び人の男としっかり者の女の一代記

大阪の化粧品問屋の跡取り息子・維康《これやす》柳吉は31歳の妻子持ちだが、金さえあれば飲んで女と遊ぶ放蕩息子である。

一方、芸者の「蝶子《ちょうこ》」は、貧しい天ぷら屋の娘として生まれ、あちこち奉公した後、自分から望んで芸者になった。陽気で声自慢、座持ちもよく、みるみるうちに売れっ子になった。その蝶子が柳吉に一目惚れした。

柳吉の父親はことあるごとに柳吉に意見をしてきたが、病気で寝込んでからは思うように柳吉を叱責できず、ついに勘当してしまう。

蝶子はヤトナ（芸も見せる出張仲居）をして2人の生活を支える。将来は2人で店を持ちたいと少しずつ金をためるが、柳吉はその金でカフェーへ通って女給をくどく始末。

柳吉の実家では、長女に婿を迎えるという話が起こり、それを聞いた柳吉は蝶子の前から姿をくらます。

やがて戻ってきた柳吉は、蝶子と切れたように見せかけるためだったと弁解。妹から借金してきた金で関東炊《かんとだき》の店（おでん屋）を出す。しかし柳吉はすぐに腎臓結核にかかり、蝶子は店を売って治療費に充てる。

病気も治り、蝶子は昔の友人から借金をしてカフェーを始めた。

そんな折、柳吉の父親が死亡する。葬式にも出席できなかった蝶子は自分を責め、自殺を図ってしまう。

なんとか一命を取り留めると、1カ月も顔を出さなかった柳吉が蝶子のもとを訪れる。2人は、連れだって法善寺境内の「夫婦善哉」を食べに出かけるのだった。

1958年（昭和33年）

## 樅ノ木は残った

悪評の下に秘められた、ある武士の生き様

山本周五郎

仙台藩宿老の原田甲斐《かい》は、家中では人格者として知られる人である。人の話をよく聞き、常に穏やかで、人を和やかな気持ちにさせる人物である。

甲斐は朝の食事に人をよく招いた。朝粥の会と名づけられたそれは、招かれた人々が、お役目を離れて歓談を楽しむ平和な会だ。しかし、最近は、政治向きの話題で人々が感情を高ぶらせる場面がしばしばある。幕府の命による伊達藩主陸奥守綱宗逼塞《ひっそく》、続く重臣暗殺事件と、不穏な空気が次第に色濃くなっているせいだ。それは、幕府老中酒井雅楽頭《うたのかみ》と仙台藩主一族の伊《だ》達《て》兵部との間に交わされた六十二万石分与の密約——藩中の乱れを理由に仙台藩を取り潰そうとする幕府の策謀が引き起こしたものだった。

この密約をいち早く察知した甲斐は、陰謀をめぐらす伊達兵部の懐に入り込み、次々と引き起こされる陰謀を未然に防ぐ。甲斐を慕っていた人々は、兵部側についたように見える甲斐を憎み、離れていく。それでも、甲斐は藩安泰のためにひたすら耐え忍ぶのである。

本来は、野山を駆け巡って獣を狩り、獣肉や木の実を食い、野草の上で眠る暮らしを望む、孤独で野性的な男・甲斐。権力と欲望が渦巻く世界に、哀しみや虚しさを感じながらも、強い意志で敢然と戦い抜く。

人間味溢れる主人公・原田甲斐は、実在の人物である。ただし、「伊達騒動」における極悪人という評価が一般的であった。この本は、そのような従来の解釈を退け、藩取り潰しの陰謀に立ち向かう一人の人間の生き様を感動的に描き出している。

# 藪の中

**1922年（大正11年）** 芥川龍之介

得体の知れない読後感を残す傑作

平安時代、藪の中で男が死んでいた。この事件の殺人容疑で、一人の男がとらえらえる。容疑者の名は「多襄丸《たじょうまる》」といった。多襄丸は取り調べに対し、犯行を自白する。通りがかったある夫婦者を見かけた多襄丸は、その妻に惹かれる。そして欲望をふくらませ、こう決心した。「あの女をレイプしてやろう」。そして夫婦を誘い出し、夫を木に縛りつけ、その眼前で妻をレイプする。すると、身をはずかしめられた妻はこう言い出した。「これから、私はどちらかの男についていく。だからどちらかが死んでくれ」。多襄丸は夫の縄を解き、正々堂々と決闘して夫を殺した。だが女の方を見ると、姿はない。

しかし、妻の証言はまったく違うものだった。妻は「レイプされてしまったからもう生きてはいられない。一緒に死んでくれ」と縛られたままの夫に頼み、夫が同意したため、夫を刺し殺した。そして自分も自殺しようと何度も試みた。だが、死にきれずに生き残ってしまったのだという。妻は多襄丸の自白とは食い違う話をするのだ。

さらに次に出てくるのは殺された夫の霊である。殺された夫は、こう証言する。レイプされた妻は、気持ちが多襄丸に移ってしまったようで、木に縛られている私を殺そうと言い出した。しかし多襄丸は素直にそうはしなかった。むしろ女を蹴り倒して私のところに来て、こう聞いてきた。「あの女を殺すか？」。私が迷っていると、妻は逃げ出してしまった。私は縄を解かれたが、多襄丸も去ってしまった。そこで残された私は、刀で自殺したのだ……と。真相は、藪の中。

**1920年（大正9年）**

# 友情

武者小路実篤

若々しく純粋な思いを清冽《せいれつ》な感性で綴った秀作

この作品は若い男2人・女1人の三角関係を描いている。2人の男の名は野島と大宮。女の名前は杉子という。

野島は、魅力的な杉子という娘が好きになった。野島は、そのことを親友の大宮に打ち明ける。「実は、杉子が好きなんだ」。これを聞いた大宮は複雑な思いに陥る。実は、大宮も杉子に好意を寄せていたのだ。親友との間の友情と、杉子への恋心の間に立たされた大宮は、悩みに悩んだ末、友情をとろうと決心する。

野島のために、杉子とつきあいたい気持ちを消していこうとしたのだ。代わりに野島が杉子と恋愛関係になっていけばいいと思ったわけである。

だが、話はすんなり進まなかった。杉子の気持ちである。杉子は、野島よりも大宮が好きだったのだ。大宮は野島のために、わざと杉子には冷たくしたりした。また、「野島はいいやつなんだ」と杉子が好意を持つように仕向けたりもした。そうこうしているうちに、大宮はヨーロッパへと旅立つ。杉子ともお別れだという気持ちが大宮を旅立たせた。

大宮の苦悩も露知らず、野島は、杉子に結婚を申し込む。だが、杉子はこの申し込みを断った。杉子の気持ちはまだ大宮にあったのだ。そして杉子もヨーロッパに旅立つ。ヨーロッパで大宮と杉子はお互いの気持ちを確かめ合い、それを野島に報告する。野島はショックを受け、傷つくことになる。

「友情」は、男2人・女1人の三角関係をモチーフにした物語のさきがけともいえる。その後、この設定は、小説のみならずマンガでも多用されることになる。

# 雪国

1948年（昭和23年）　川端康成

有名な書き出しで始まる美しき日本文学の金字塔

「国境の長いトンネルを抜けると、雪国であった」で始まる、島村という男を主人公とした物語。

鉄道で越後湯沢方面に向かった島村は、駒子《こまこ》という芸者に会うのが目的だった。

島村は、途中の列車の中で、病人らしき若い男の世話をしている若い娘が気にかかった。その葉子という娘と病人は、島村と同じ駅で降りた。

旅館では、半年ぶりに駒子と再会することになる。初めて島村が駒子に会ったのは、偶然、芸者の人員不足で、仕方なく若い駒子が島村にあてがわれた時であった。関係を結んだ島村は、駒子に好意を持つが、その後、駒子に関して気になる話を聞くことになる。

まず、電車のなかで見かけた病人の若い男と、駒子が結婚の約束をかわしているという話である。さらに、許婚《いいなずけ》である彼の治療費を稼ぐために、駒子は芸者として働いているということ、また、駒子と葉子が知り合いであることも知る。

結婚の約束をかわしているという話が気になった島村は、駒子に直接聞いてみたが、本人は否定した。そして駒子と葉子という2人の女性を気にかけつつ、島村は東京に帰ることになった。そして、2月にまた来るという約束をして、駒子と別れた。

だが、約束は果たせず、島村がまた訪れたのは1年後だった。すると様相は変わり許婚と言われていた男は死んでいた。駒子は島村を頼るように毎日通ってきた。ある日、火事が起きて、葉子が2階から落ちる。駆け寄った駒子が、葉子を抱きしめるシーンを島村は見る。

1935年（昭和10年）

# 夜明け前

島崎藤村

時代に翻弄された男のロマンと絶望の物語

幕末に旧家青山家の17代当主として生まれた青山半蔵は向学心が強く、本居宣長、平田篤胤《あつたね》らの国学や漢学を学んでいた。

特に、王政復古に陶酔する半蔵は、木曾の生命線である山林を古代のように人々が自由に使うことができれば、生活はもっと楽になるに違いないと考え、森林の使用を制限する尾張藩を批判していた。

半蔵は、年老いた父の後を継いで中仙道木曾馬籠《まごめ》宿の本陣・問屋・庄屋を兼ねていたため、実際の運動に参加することはできなかったが、下層の人々への同情や憐れみの念は強く、それだけに新しい時代の到来を強く待ち望んでいた。

やがて、徳川幕府による大政奉還で明治維新を迎えた。半蔵は期待に胸を躍らせる。しかし、維新後の現実は西洋文化を意識した文明開化と、政府による人民へのさらなる圧迫などで、半蔵が思い描いていたものとはまったくかけ離れていた。

さらに、明治政府はほとんどの森林を国有林として伐採を禁じたため、半蔵ら戸長《こちょう》と呼ばれる人たちは連名で嘆願書を提出するが、この時、半蔵は首謀者とされ戸長を免職されてしまう。

失意の半蔵は、憂国の歌で明治天皇の行列に直訴し、罰金を科せられる。その後、半蔵は絶望の淵《ふち》に追い込まれ、飛騨で神社の宮司となるのだが、ついには心を病んで幻影を見るようになる。そして、故郷の寺に放火し、幽閉されてしまうのだ。

「わたしはおてんとうさまも見ずに死ぬ」と言い残し、牢屋の中で56歳の生涯を虚しく終えるのだった。

**1950年（昭和25年）**

# 遙拝隊長

井伏鱒二

戦争の悪夢が招いた憐れな犠牲者の姿

旧大日本帝国陸軍中尉だった岡崎悠一は、戦時中にマライ戦線（現在のマレーシア）で小隊長を務めていた。朗報があるごとに部下に東方《とうほう》遙拝《ようはい》をさせる癖があったため、「遙拝隊長」と呼ばれていた。

岡崎はマライ戦線のある橋でトラックが故障し、修理に手間取っていた時、部下の1人が発した言葉に腹を立て、平手打ちをする。それと同時にトラックが急発進し、2人はその衝撃で川の中へ転げ落ちた。

左足を骨折した岡崎は野戦病院から内地の病院に送られたが、戦時中は村に将校がいるのは名誉なことだという村人の要請により退院することになる。

しかし、終戦の後も、まるでまだ戦争が続いているような素振りで見境なく軍隊式号令をかけたり、道を歩きながら突然、「歩調をとれ！」などと叫ぶ岡崎を、村の人たちは「気が狂っている」と次第に気味悪がるようになっていく。

岡崎の奇怪な言動については、かつての従卒《じゅうそつ》であった帰還兵の上田軍曹の告白で明らかになった。

岡崎は以前にマライ戦線で川へ落ちた時、骨折だけではなく、頭も強く打ちつけてしまっていたのだ。それが原因となって、岡崎は精神に異常をきたすようになったのだ。

この物語は、報道班員としてシンガポール戦に参加した著者自身の戦地での見聞に基づくものだと言われている。憐れな岡崎と岡崎を批判する村人もまた、憐れな存在であり、結局はすべての人が戦争の犠牲者であったということを伝えている。

# 羅生門

1918年（大正6年）

芥川龍之介

極限状態にある人間の深層心理を描く

京都の朱雀大路にある羅生門は朽ち果て、近年の天災や饑饉《ききん》で修理もおぼつかない。獣や盗人が集まり、やがては引き取り手のない死体が捨てられると、ついには人が寄りつかなくなっていた。

そんな門で雨宿りをするのは、主人から暇を出され、行く当てのない下人《げにん》。

何とかしなくては死んでしまう——極限状態にある下人は、「生きるためには盗人になるより仕方がない」と考える。しかし、実際にはそれを肯定する勇気がない。とにかく、今晩だけでも何とかやり過ごさなくてはいけないと辺りを見回すと、門の上の楼へと続く梯子《はしご》を見つけ、下人はそれを登って行く。

楼の上では、一人の薄汚い老婆が死体の髪の毛を抜いていた。ついさっきまで、生き延びるためには盗人になることもやむを得ないと考えていた下人だが、この時、老婆に対する激しい憎悪を覚える。

一気に楼の上へ飛び出た下人は老婆をねじ倒し、なぜ死人の毛を抜いていたのか問いつめる。すると、老婆は「死体の女も生前は不正をはたらいていた。しかし、それは生きるためには仕方のないこと。それなら、自分のしていることも、また、生きるために必要なこと」と答える。

老婆の言葉によって「肯定する勇気」を得た下人の頭からは、餓死を選ぶ可能性はすっかり吹き飛んだ。「それならば、自分も生きるため」と下人は老婆の襟をつかみ素早く着物を剝ぎ取ると、死体の上へ老婆を蹴り倒し、あっという間に暗闇の中に消えて行った。

# 旅愁

1946年（昭和21年）

横光利一

ナショナリズムと男性版マリッジブルー

昭和初期、叔父の会社の調査部に勤務する矢代耕一郎は、研究のため外遊の旅に出る。その船中で、イギリスで外交官を務める兄の元へ行く途中だという宇佐美千鶴子《ちづこ》、西欧文化を崇拝する久慈らと知り合う。

ヨーロッパに着くと矢代は日本を意識し、西洋の科学主義や合理主義に強い反発を感じる。そんな矢代と西洋心酔者の久慈の間では、伝統や道徳観の相違について論争が絶えなかった。

カトリックの千鶴子は、最初は久慈と親しくなるが、次第に誠実で潔癖な矢代に心を惹かれていく。

2人の関係はどんどん深まり、互いに愛を確認するも、矢代は2人の愛は異国で同胞に郷愁を抱くようなもので、帰国すれば消えてしまうかもしれないと慎重な態度を崩さない。それでも積極的な千鶴子の働きかけで、帰国後2人は結納を交わす。

しかし、いよいよ結婚が現実味を帯びてくると、矢代は千鶴子の信じるキリスト教が大きな障害であることに改めて気づく。矢代の先祖は北九州の一城主でキリシタンによって滅ぼされていたのだ。

矢代は千鶴子を愛することで増大する「西洋と東洋の対立」を実感するのだ。

矢代は葛藤を抱えながら、急死した父の遺骨を祖父の墓へ納めるため宇佐を訪れた。納骨を済ませ、祖先の立て籠った城山《しろやま》を後にした矢代は、その途中でふと振り返り城山の峰を見た。

すると、遠い祖先がただ黙って見送ってくれたように感じたのだ。そして、矢代はついにカトリックを赦《ゆる》すことを決意する。

# 李陵

1946年（昭和21年）

中島敦

漢の時代に生きた男たちの壮絶な物語

中国・漢の時代、北方民族の匈奴《きょうど》の侵略に先立ち、武帝は輸送の指揮を李陵《りりょう》に命じる。しかし、弓の名手で飛将軍と呼ばれた名将の孫である李陵は武帝に申し出て、軍を従えて北方へ突進することになった。

李陵の率いる軍はわずか5000騎ばかりの小軍だったが、優れた戦術で何度も匈奴の襲撃を撃退した。しかし、老将の裏切りに遭い、軍は匈奴の総攻撃に敗れ、李陵は無念にも、敵の捕虜となってしまう。

これを知った武帝は李陵が匈奴に降伏したと誤解し、李陵の一族を処刑するよう命じる。そんな時、ただ一人、李陵をかばう者がいた。司《し》馬遷《ばせん》である。しかし司馬遷の諫言《かんげん》が武帝の逆鱗《げきりん》に触れ、司馬遷は宮刑《きゅうけい》（去勢の刑）に処されてしまう。この屈辱的な刑に一時は自殺を考えた司馬遷だが、「史記」の完成という使命を全うするため、再び筆を執った。

一方、捕虜となっていた李陵は、意外にも丁寧な扱いを受けていた。そんなある日、故郷に残した家族が殺されたことを知った李陵は単于《ぜんう》（匈奴の王）の軍略に協力することを決意する。

時が経ち、李陵は匈奴の左賢王《さけんのう》の依頼で旧友の蘇武《そぶ》に会いに行く。蘇武は李陵が捕虜になる1年前に、同じく匈奴の捕虜となっていた。しかし、蘇武は降伏せず祖国に忠誠を誓い、凍てつくような北海のほとりでひたすら帰国の日を待っていたのだ。

この時、李陵は裏切り者である自分にひどく負い目を感じる。

やがて、武帝が崩御《ほうぎょ》し、蘇武は19年ぶりに祖国へ戻る。李陵は蘇武を送る宴の席で痛切な詩を詠み、涙を流すのであった。

1931年（昭和6年）

# 檸檬

梶井基次郎

若者が描く奇怪な幻想と独自の美学

えたいの知れない不吉な塊が私の心を始終圧《おさ》えつけていた――人一倍感受性の強い主人公「私」は、一般的に「美しい」と言われるものに嫌悪を感じはじめた。

これまで美しいと聞いていた音楽にもまったく感銘を受けない。むしろ、汚い洗濯物が干してあり、がらくたが放置されているような裏道など、みすぼらしいものだけが慰めであった。かつて丸善に置かれていたハイカラな品々も、その頃の私にとっては「借金取りの亡霊」にすぎなかった。

ある日、「私」はにぎやかな寺町通りには似合わない暗く陰気な場所を見つける。そこにあった店の裸電球が暗闇に光るさまに惹かれ近づくと、その辺りに建っていた果物屋が視界に飛び込んできた。

寺町にあるものなどまったく興味のなかった「私」だが、どういうわけか、ふと、その果物屋に入ってみたくなった。

紡錘形の檸檬《れもん》の冷たい手触りや、黄色い絵の具を絞ったような鮮やかな色彩、鼻をうつようなすがすがしい香りに、やっと探していたものが手に入ったような幸せを感じる。「私」はその檸檬を1つだけ購入して、丸善へと向かった。

店内に入ると、さっきまでの幸福な感情は次第に薄れていき、再び憂鬱になる。「私」は美術の棚へ行き、重い画本を1冊ずつ積み上げると、その頂《いただき》に恐る恐る檸檬を置いた。そのまま何食わぬ顔で店を出た「私」は、もし黄金色の檸檬が爆弾で、あの気詰まりな丸善がこっぱみじんに爆発したらどんなにおもしろいだろうと熱心に想像してみるのだった。

## 路傍の石

1941年(昭和16年)

山本有三

運命にも負けず夢を追い続ける少年の姿

愛川吾一《ごいち》は高等小学校で級長を務めるほどの秀才で、中学進学を強く望んでいた。しかし、士族出の父親はプライドが高く、働きもしなければ家族を顧みることもない、ならず者だった。そのため家は貧しく、吾一が進学できる余裕はなかった。

そんな吾一に力を貸してくれたのが、教師の次野立夫だった。次野は慶應義塾出の書店の主人・黒川安吉に吾一のことを相談する。

すると、黒川は匿名で学費を支払うことを決心するのだ。吾一は一番で中学へ入学すると大喜びする。

しかし父親は、他人の施しで進学などするなと吾一を怒鳴りつける。

仕方なく進学を断念し、呉服屋に奉公に出る吾一。仕事先でのつらい日々に、さらに追い打ちをかけたのは、母親の急死だった。吾一は東京にいる父親に電報を打つが、彼は葬式にも姿を見せない。吾一は父親を訪ねてみようとある日、呉服屋から使いに出たまま、東京行きの汽車に飛び乗った。

東京に着き、さっそく父親を訪ねたが、そこに父親の姿はない。行く当てを失った吾一はやがて、印刷工場に住み込みで働くことになった。

半年後、吾一は偶然に工場へ来た次野と再会する。次野は教師を辞め文学を志し、東京に住んでいたのだ。

その夜、吾一は意外な事実を知ることになる。次野は、吾一の学費にと黒川から渡された金を使い込んでしまったというのだ。号泣しながら詫びる次野に吾一は、金のことはもういいと言い、次野が行かせてくれるという夜学に、再び学問への夢を託すのだった。

1907年（明治40年）

# 吾輩は猫である

名無しの猫の視点で描かれる人間喜劇と社会諷刺

夏目漱石

吾輩は猫である。名前はまだない。どこで生まれたか、とんと見当がつかない。暗いじめじめした所でニャーニャー泣いていたところを書生《しょせい》に捕まる。吾輩ははじめて人間を見た。書生の手から逃げ出した吾輩は食べ物を探しに今の主人の家にもぐり込むが、女中のおさんに見つかってしまった。

何度か投げ出されては這い上がり、最後につまみ出されそうになった時、主人が出てきてうちに置いてやれと言った。

主人は苦沙弥《くしゃみ》といい、職業は教師だそうだ。学校から帰ると終日書斎に入ったきりで、ほとんど出てこない。なんにでもよく手を出したがり、俳句を「ほととぎす」に投稿したり、詩を「明星」に出したり、間違いだらけの英文を書いたり、弓に凝ったり、ヴァイオリンを鳴らしたりするが、どれもものにならない。その上、今度は水彩をやるという。吾輩の昼寝姿を写生したのを見たら、目が描き込まれていなかった。

家には主人の門下生だった寒月《かんげつ》君や迷亭《めいてい》君や多々良君などが時々やって来て、いろんな話をしていく。寒月君に金田家の娘との縁談話が持ち上がるが、主人も迷亭君も乗り気ではない。結局、寒月君は郷里の女と結婚することになり、多々良君が金田令嬢を嫁にもらうことになったそうだ。

のんきと見える人々も心の底を叩いてみるとどこか悲しい音がする。主人は早晩、胃病で死ぬ。くさくさして、田多良君が残したビールを飲んだ。酔っ払って我に返ったら水瓶《みずがめ》の中に落ちていた。足を伸ばしても、跳び上がっても出られない。吾輩は死ぬのだ。南無阿弥陀仏。ありがたいありがたい。

# *Part3*

# 少し前の話題の名作

1966年（昭和41年）

# 蒼ざめた馬を見よ

ソ連の老作家の国外出版をめぐる仕組まれた事件

五木寛之

鷹野はQ新聞社に勤める外信部記者。論説主幹と外信部長に呼ばれ、少し前に病死したロシア文学の翻訳者からの手紙を渡される。彼がソ連に渡った時、ソ連の老作家ミハイロフスキイから極秘に手渡されそうになった長編小説があったという。ソ連の歴史の陰の部分を描いているため、国外での出版を望んでいた。翻訳者は恐ろしくて引き受けられなかった。その小説をぜひ探し出し、出版してほしいというのだ。その小説の探索役に鷹野が選ばれる。

鷹野は新聞社を退職し、フリーのルポライターとして通信社から世界文学に関する記事とカラー写真を送る仕事を受け、レニングラードに入った。彼は、直接ミハイロフスキイのアパートを訪ねて頼むことにした。しかし面会を断られてしまった。電話をかけても「ニエート（違います）」と言われ、とりつくしまもなかった。

3日目、鷹野は詩のコンサートの会場でオリガという少女と出会った。オリガは、ミハイロフスキイのドイツ語の翻訳を手伝っていた。鷹野は、彼女に頼んで老作家の作品を手に入れる。ホテルへ持ち帰り、露文タイプで打たれた800枚近い原稿を1枚1枚カメラに収めることに成功した。

持ち帰った原稿は、変名の現役ソビエト作家によって書かれた小説としてQ新聞社から「蒼ざめた馬を見よ」というタイトルで出版。世界のジャーナリズムの目を集めた。

だがその3カ月後、ソ連で本物のミハイロフスキイが逮捕され、鷹野が現地で会った人物はにせ者だったことがわかる。一連の事件は仕組まれたものだったのだ。

1970年（昭和45年）

## 暗室　吉行淳之介

快楽だけを目的とした性を描き、人間認識の究極を問う

「エロティシズムの作家」として知られている「私」（田中修一）は、妻の圭子の死後、気ままな独身生活を送っている。

私には多加子と夏枝という2人の女がいるが、どちらの女とも躯《からだ》だけの関係を保ち、拘束されることを極端に嫌っている。

ある夜、古い友人の津野木と一緒に街に出た私は、マキという女と知り合った。マキは同性愛嗜好《しこう》だが、私だけは例外だという。

私は3人の女との愛と生殖から切り放され、快楽だけが目的の性的な関わりを持ち続けるが、家にも家政婦を雇い、その気になれば娼婦を買うことも厭わない。

そのうち多加子は私との将来を諦めて結婚し、マキは「私の子をみごもった」と告げてシングルマザーの道を選びアメリカへ去っていく。

私のもとには、子どもを生めない躯で、性に対しては官能のみを求める夏枝だけが残った。私は自分の心が夏枝に向かって開いていくのを感じる。

夏枝に溺れるにつれ、夏枝の躯も変わってくる。まったく生活感の存在しなかった夏枝の周囲に生活の匂いがたちこめ始めたのだ。夏枝に、そんな肉だけではないはみ出した部分を感じてうっとうしくなるが、会わずにはいられない。

私は、官能をそそると同時に物悲しい気分にさせる夏枝の匂いに誘われながら、今日も不毛な性の退廃に落ち込んでいく。

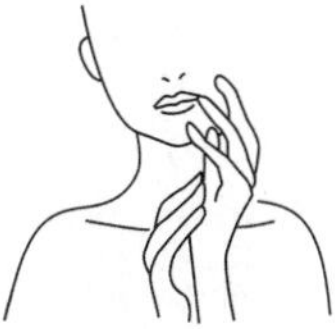

1948年（昭和23年）

# 厭がらせの年齢

誰もが遭遇する老醜を凝視し、生存の意味を鋭く追求

丹羽文雄

「うめ女」は86歳。

3人の孫娘のうち、長姉の仙子の家にやっかいになっているが、ものを盗んだり厭がらせをしたりする癖がある。

夜中に誰かが廊下を通って便所に行くと「どなたですか」と声をかけ、通る者は釈明をしなければならないのだ。仙子の夫の伊丹はそれに我慢ができず、会社の宿直室に泊まり続けるようになる。

時は戦後。自由に食糧が買えない頃だ。うめ女は腹いっぱい食べられないので「恨んでやる」と憎まれ口をたたき、「わしが呪った奴は必ず死ぬ」とののしる。たまりかねた仙子は、茨城に疎開している次妹・幸子のところに預けることにした。

幸子は農家の2階を借りて5人家族で不自由な生活をしているが、うめ女の悪癖は治らない。正常な知覚や判断をなくしたまま部屋の隅に布団を敷き、枕屏風で囲われた生活を始める。

幸子は、毎夜3回はうめ女の便所で起こされ、手水鉢《ちょうずばち》の水を飲んだり炬燵《こたつ》の炭をいじりまわしたり、ものを盗んで隠したりするうめ女に悩まされる。

一家が東京へ引き揚げると、うめ女は日に6回もご飯を食べながら、一晩中起きて空腹を訴える。

そのうち下の締まりがゆるみ、排泄物を廊下に落とすようになる。家出や自殺の真似もする。幸子の夫に人間らしい一面を見せたりすることもあるが、それも一瞬のこと。

誰もが遭遇する老醜を凝視し、老いるとは何かを見つめた作品。

## おはん

1957年（昭和32年）

宇野千代

女との三角関係を描き「よろめき」の流行語を生んだ名作

紺屋《こうや》（染物屋）加納屋の倅《せがれ》である「私」は、道楽で通いの古手屋《ふるてや》（古着や古物を扱う商売）をしている。

7年前に女房のおはんを実家に帰し、芸者《げいこ》屋《や》のおかみのおかよと暮らしている。

去年の夏、おはんに逢った私は、恋しさが募って店に会いに来て欲しいと言ったのだが、おはんは現れない。

おはんのことを忘れかけていた半年後、隠れるように暮らしていたおはんを見つけ、2人はおかよに隠れて逢うようになる。

息子の悟《さとる》と親子3人で1つの釜の飯を食う夢を見、おはんと一緒に住む家を探し始める。おはんとの約束をおかよに言えずにいるうちに、親子3人の生活が始まってしまう。

ある大雨の日、夜になって親戚に使いに出した悟も帰ってこれないだろうと、おはんが久々に愛情を全身で表現した。ところが、私は途端におかよが恋しくなり、おかよの所に帰ってしまった。

翌日、前夜の雨で悟が川に落ちて死んだことを知らされる。

悟の四十九日が過ぎて間もなく、おはんは「私は仕合わせだった、申し訳ないことをしたあの人をいとしがってほしい」という手紙を残して姿を消す。

おかよに養われている身勝手な夫に恨み言一つ言わず、相手の女に憎しみも抱かないおはん。おかよとの三角関係の中で、だめ男の私は次第に父親としての愛に目覚める。

1976年（昭和51年）

# 限りなく透明に近いブルー

セックス&ドラッグ&ロックンロール

村上龍

ガラス製の灰皿に、フィルターに口紅のついた細い煙草が燃えている。福生《ふっさ》で飲み屋をやっているリリーは店から帰ると、ヘロインを注射器に満たして太股に打ち甘い声で僕を誘う。

僕の部屋にはオキナワとレイ子が来ていて、オキナワはヘロインを打つ準備をしていた。蒸し暑い夜。オキナワは僕の腕に浮き出た太い血管に注射針をつきたてる。

鈍い衝撃が心臓に伝わり、目の前に白い霧がかかり息がうまく吸えない。叫ぼうと思っても声が出ない。オキナワとレイ子が服を脱ぐ音がきこえ、やがてガラスの割れる音がし、乱暴に誰かが出ていった。

翌日、レイ子は早くから店を閉めていた。前夜オキナワとけんかをして荒れている。店にはモコ、カズオたちがいる。死にたいと小さな声で言うレイ子に、ケイは死にたい人は死ねばいいと叫ぶ。カズオが万引してきたニブロール、ウイスキー、ワイン、煙草……。けだるい陶酔のひと時。やがて僕とヨシヤマは外に出て2人並んで吐く。

次の日、高円寺でのパーティでは黒人を混じえて酒と麻薬とセックスの狂態が繰り広げられる。日々繰り返される若者たちの刹那的な宴。ヨシヤマはケイとけんかし、ケイはヨシヤマに腹を蹴られ血を吐いてぐったりする。ヨシヤマは手首を切り自殺を図るが未遂に終わる。

リリーの部屋で、僕はひとり体をもてあまし、ブランデーグラスを叩きつけて割る。ガラスの破片を通して見る夜明けは限りなく透明に近い、僕は自分のアパートに向かいながら、ガラスみたいになりたいと思う。

1978年（昭和53年）

# カプリンスキー氏

遠藤周作がアウシュビッツで見た風景

遠藤周作

　私はポーランドの南部の町クラコフで、この町の作家・カプリンスキー氏に出会う。しかし、私と、このカプリンスキー氏は異質の作家で、彼との会話は異常に疲れるものだった。彼にこの町を案内してもらうのだが、「明日はどこ行きましょう」と言われ、私はかねてからの希望だったアウシュビッツに行きたいと話した。

　そのとき、カプリンスキー氏が「私が案内しましょう」と申し出た。私は、いったんは彼の申し出を断るのだが、彼は続けた。「私は……アウシュビッツ収容所の囚人でしたから」

　翌日、付き添いのI君と私は、カプリンスキー氏のあとに従うようにアウシュビッツを訪問した。彼は何も話すことはなかった。鉄条網と鉄の門を抜けて赤煉瓦の建物に入った。そこには無数の囚人たちの義足や眼鏡、そして子どもたちの玩具が硝子《ガラス》ケースに収まっていた。

　カプリンスキー氏は建物から出ると、物干し台のような二本の柱の前を通る。何も話さないが、絞首刑場の跡であることは立札の説明でわかった。彼は、次に煉瓦作りの煙突がある建物に向かう。ガス室である。壁には無数の引っ掻いたような傷がある。苦しみもがいた人たちの立てた爪跡だ。

　続いて、彼はガス室から遠くない赤煉瓦の建物に行き中に消えた。プレートには囚人の拷問と処刑が行われた場所であると書かれている。

　そして、その壁には、びっしりとそこで殺された囚人たちの写真が貼ってある。皆、頭をそられ、男か女かもわからない。カプリンスキー氏はゆっくりと右手を上げ指さした。それは若い女性のようだった。そして言った。「私の姉です」。彼は諦めたような微笑を浮かべていた。

1980年（昭和55年）初演

# 蒲田行進曲　つかこうへい

看板俳優と大部屋俳優、そして女優の奇妙な関係

わがままな映画スター・銀四郎と、その子分である大部屋俳優のヤス、そして銀四郎の子どもを身ごもった挙句にヤスに押し付けられ結婚させられた小夏の物語。

銀ちゃんは性格も行動も滅茶苦茶な、落ち目の看板俳優。

けれど小夏は女として、ヤスは男として、銀ちゃんに惚れている。だからスキャンダルを恐れた銀ちゃんから、妊娠した小夏の面倒を見るように言われても、ヤスは「銀ちゃんの命令」として小夏に尽くすのだ。それに、ヤスも小夏に憧れていたのである。

けれど小夏はヤスに憧れていたわけではない。それどころか「大っきらいよ、あんたみたいなの！」と冷たく言い捨てていたのだ。それが「小夏さんと結婚するって実家の母ちゃんに言っちゃったんです」とヤスから聞かされると、小夏の態度も変わる。ヤスは本気で結婚を考えていたし、まったく駆け引きなどできない男だからだ。そんな男に、小夏は女として惹かれていくのである。

ヤスの故郷を2人で訪れた夜、小夏は初めてヤスを夫として受け入れた。ヤスは生まれてくる赤ん坊のために、危険な仕事を次々とこなすようになる。「女房がコレだから」と腹に手を当てて。

そしてクライマックスの階段落ちだ。映画「新選組」の撮影で、池田屋の階段から落ちるところで、ヤスは見事に階段を落ちる。

撮影所を舞台に、落ち目のスターと大部屋俳優の奇妙な友情。そしてその間で揺れ動く女優の姿を描く。

1961年（昭和36年）

# 雁の寺

水上勉

頭をくり抜かれた母親・雁の襖絵が告げる殺人の真相

京都南画の大家である岸本南嶽は、いまわのきわに彼の囲い者だった里子《さとこ》を孤峯庵《こほうあん》の住職・北見慈海《じかい》に託した。

慈海は禅坊主でありながら俗気があり好色だった。

里子を内妻とした慈海は日夜肉体を求め続け、情痴の生活を送っていた。

その姿を、この寺に預けられていた若狭の寺大工の子・慈念が覗き見ていた。歳の割には体が小さく、額が張りだした金壺眼《かなつぼまなこ》の陰うつな無口な少年だった。

里子は、目の暗いこの少年が好きになれず、「こわい子や。何をするかわからん子や」と思う一方で出生を哀れんで不憫《ふびん》に思っていた。

ある日、慈念を寺に預けた西安寺の住職木田黙堂から捨子同様の慈念の出生の秘密をくわしく聞いて憐れを誘われた里子は、激情にかられて慈念に身をまかせてしまう。その夜以来、慈念は言い知れぬ里子への憎悪と愛着の混濁した衝撃に打ちのめされ、次第に師の慈海への殺意を募らせてゆく。

ある日、慈海は「源光寺に行かにゃならん」と言い残して行方を断ってしまった。

行方を探したがわからず、失踪として処理したが、実は慈念の仕業であり、彼の完全犯罪の成立であった。

しかし、罪悪感と不安におののき、慈念も姿を消してしまう。後には、母親雁の部分がむし り取られた襖絵《ふすまえ》が残されていた。

作者が口減らしのため11歳で仏門に追いやられた時に見た仏教界、禅宗の伽藍生活が枯淡の境地を思わせる文章で描かれている。

**1975年（昭和50年）**

## 空海の風景

空海の足跡を風景とともに辿る小説

司馬遼太郎

作者は空海を育くんだ土地と足跡を辿りながら空海の思想を明らかにしようとする。空海は讃岐で生まれた。父方は満濃池《まんのういけ》とつながりが深い佐伯家だ。空海と満濃池の関係はここから来ている。空海は、19歳の時に大学を退学して山に籠った。そして、『三教指帰《さんごうしいき》』を書いている。三教とは儒教と道教と仏教で、それを比べて、仏教が一番優れているという内容だ。

そこには各宗教を治める人たちが出てくる。仏教徒は空海その人で、儒者が阿刀大足《あとのおおたり》といわれている。阿刀大足は母方の叔父で空海を大学に入れた人物だ。空海にとって大学での学問はつまらなかった。儒教中心の、ただ官僚としての知識を詰め込む場所でしかない。その儒教との決別を宣言したのが『三教指帰』ではないか。

その後、空海は入唐する。そして、唐で密教の恵果阿闍梨《けいかあじゃり》から、直々に阿闍梨の灌頂《かんじょう》を受ける。そして、遍照金剛の灌頂名を与えられた。

空海と同じ時期に、最澄も唐に入っている。最澄は国費で天台宗を修め、一部、密教も学んでいる。唐から帰った最澄だが、空海が灌頂を受けたことを聞くと、さまざまな密教の文献を空海に貸してくれるよう頼んでいる。

しかし、当初は快く受けていた空海だが、そのうちに貸すことを拒むようになる。それは、密教が文献からだけでは学べないからだ。師匠からの直々伝えられる体験がなければ、それはできない。結局、空海は最澄から距離をとり、隔絶した高野山に山寺を築くことになる。

作者は、空海の歩みを体験しながら、その実像に迫ろうとする。しかし、空海は近くなったり遠くなったりした。そして、それは本来零《ゼロ》であることを望んだ空海らしいと思えるのだ。

## 暗い絵

1946年（昭和21年）

野間宏

主人公の心象風景を象徴した奇怪な絵

京都大学の学生・深見進介は、永杉英作の下宿でフランドルの農民画家ブリューゲルの画集を見て、その奇怪な絵に魅せられた。とくに「軟体動物に属する生きもののように幾つも大地に口を開けて……股のない、性器ばかりの不思議な女の体が幾重にも埋め込まれている」という絵に強く惹きつけられてしまうのである。

時は日中戦争勃発の前後。その絵は、ファシズムが荒れ狂う時代の中で、貧窮と恋愛と思想的な葛藤に苦悶している彼の心象風景を現していたからだ。

深見にとって重要な問題は「自己の完成を追求する」ことであり、そのためには自分を消滅させずに保持する論理を発見することだった。

彼は合法の反戦主義者である小泉清、非合法活動の永杉、羽山、木山らのグループのいずれにも関与せず、一定の距離を保っていた。しかし、戦争は深見らの判断を超えて進行し、非合法の反戦運動は行き詰まって永杉と羽山は力尽きる。

深見は彼の考えに一番近かった木山とともに永杉の下宿を出るが、生き方の違いから木山とも袂《たもと》を分かつことになった。木山は永杉と羽山の弔い合戦に挑むが、検挙されて獄死してしまう。

深見がそのことを知ったのは、転向して3年余りの兵隊生活を終え、内地に帰還してからだった。

**1989年（平成元年）**

# 高円寺純情商店街

かつてあったかもしれない懐かしい東京のたたずまい

ねじめ正一

時代は昭和30年代の前半。中央線高円寺北口駅前商店街を舞台にした「天狗熱」他5編を収めた連作短編集。

正一は、商店街の中でも「削りがつおといえば江州屋」と評判をとる乾物屋の一人息子。正一の父は、商売よりも俳句や寄り合いのほうに熱心で、気が弱いくせに気が短くて、都合が悪くなると熱が出る。

11月のある日、一番のお得意先である小津会館が「かつお節納入業者を他の店に替えるかもしれない」という情報が入る。江州屋乾物店創業以来の一大危機である。

ところが、父親はまたもや天狗熱になってしまう。キャリア十分のばあさんと、しっかりものだがハッタリに弱い母親は、そんな状態には慣れているが、ピンチに変わりはない。（「天狗熱」）

「にぼしと口紅」には、地味な乾物屋とは対照的に華やかな雰囲気で若い女店員がいる「植松化粧品店」が登場。化粧を勧められてばあさんと母親がその気になり、そして父親までも乗り気になって……。

「真冬の金魚」は、父親の「火事だ」の声で正一が目をさますと、向かいの「吉本眼鏡店」から火が出て、隣の「パチンコ大王」の看板も燃えている。商店街の旦那たちや父親が大活躍して消火活動を行うが、用水桶に放してあった金魚が道端のあちこちで跳ねまわる……。

## 恍惚の人

**1972年（昭和47年）**

有吉佐和子

痴ほう老人を扱って流行語も生み出した作品

立花昭子は共働きをしているが、離れには夫の両親が住んでいる。

　小雪がちらつく年の暮れの夕方、家路を急ぐ昭子は、外出途中の舅《しゅうと》の茂造に出逢った。行く先を聞いても答えず、ただならぬ様子だ。一緒に帰宅すると、姑《しゅうとめ》が起きてくれないから腹が減って困ると離れから茂造が呼ぶ。

　行ってみると、姑は脳溢血で死亡していたのだ。

　しかし、茂造は葬儀の間も事態をのみ込めず、食欲のみ盛んである。

　別居している間に茂造のモウロクはかなり進んだようなのだ。

　彼は、自分の息子や娘のことは忘れてしまっているが、いじめ抜いてきた昭子とその子どものことはよく覚えている。その結果、茂造の世話はすべて昭子の肩にかかってくるようになった。

　ボケ特有の症状はますます進み、昭子は舅の世話と仕事の板挟みで心身ともに疲れ果てる。しかし、茂造のような老人を預かったり面倒を見てくれる施設はなく、自分たちで何とかするしかない。

　夫が会社で処方してもらった鎮静剤が効き、茂造は夜起きなくなった。だが、昼間は夢と現実の狭間の恍惚の世界をさまよい、徘徊しては警察の世話になる。

　入浴の世話をしている時に茂造を溺れさせ、茂造が肺炎から命を取り留めたとき、昭子は改めて茂造を介護しようと決意する。

　だが、衰弱が進んで明日入院という前日、茂造は安らかに息を引き取る。

1974年（昭和49年）

# 坂の上の雲

司馬遼太郎

日露戦争に向かう明治の時代を描いた傑作

坂の上の晴天の中にある一つの雲を目指すように明治の若者は国家の中で己の道を探していた。その一人・正岡子規は短歌革新運動を起こした俳人であり、秋山兄弟の兄好古《よしふる》は日本の騎兵隊の生みの親である。そして弟真之《さねゆき》は日露戦争で参謀としてバルチック艦隊を破った。

物語は、その三人の出身地である伊予松山から始まる。秋山兄弟は貧乏士族の出身だったため、兄・好古は無料で学べるということで師範学校に行き、その後士官学校に転出した。一方、弟の真之の竹馬の友が正岡子規である。真之は兄に学費を出してもらって大学予備校へ通うが、心苦しくなって自ら士官学校へ転じる。

１８９４年、日清戦争が起きると、兄・好古は陸軍少佐として騎兵を率い、弟・真之は海軍少尉として洋上へ出陣した。一方、正岡子規は、自らの短歌革新運動にまい進するが病が体を襲い、命を落としてしまう。

そして、日露戦争が勃発した。秋山好古は陸軍少将になっていた。機動力が持ち味の騎兵を率いるが、それは明らかにロシアのコサックの騎兵部隊よりも劣っていた。そのため、騎兵で最前線を前進しつつも、好古はじっと堪えて、要所要所で陣地を作り、攻撃してくる相手を砲撃と機関銃で壊滅した。

一方、真之は日本海軍の参謀（海軍少佐）として、バルチック艦隊を迎え撃つ作戦を練っていた。しかし、眠れない日々が続く。バルチック艦隊は対馬を通って日本海に来るのか、それとも太平洋からか。連合艦隊司令長官の東郷平八郎は「対馬である」と言い切った。それでも真之の不安は去らない。そして、ついに対馬沖にバルチック艦隊は現れたのだ。

1960年（昭和35年）

# 錯乱

池波正太郎

幕府と真田家の諜報戦を、真田の視点から描く

関ヶ原の合戦で父・昌幸と弟・幸村が豊臣方に、兄・信之が徳川方に分かれた真田《さなだ》家。それが故に、幕府は真田家を警戒、隙あらば取り潰そうとしていた。そこで親子二代にわたる隠密を真田領内に潜ませ、真田家取り潰しのための口実を探していた。

その一人が堀平五郎である。平五郎は藩士として真田家に仕え、温厚な人柄で通っていた。妻・久仁との間に息子を一人もうけ、将棋の駒作りを唯一の趣味とする、傍目には平凡な男である。

真田信之の後を継いで松代《まつしろ》十万石の藩主となった信政が急死し、跡目相続がにわかに問題化してきた。信政の甥である分家の信利が、松代十万石を狙っているのだ。しかも信利の背後には当時「下馬将軍」と称された筆頭老中・酒井忠清がいる。

だが暴君型の信利が松代十万石を継げば、善政は望めない。すでに隠居の身となり93歳の高齢に達した真田信之は、この真田家存亡の危機に老体に鞭《てい》を打って奮い立つ。

実は信之、堀平五郎が幕府の隠密であることは承知していた。彼の素性を承知のうえ、何食わぬ顔で将棋の相手などをさせていたのだ。堀平五郎は、したがって自分が疑われているとは露とも思わない。謀略を好まぬ信之であるが、存亡の危機とあっては仕方ない。一計を案じ、平五郎を利用して危機を乗り切るのである。

だまされたことも知らず、密書を持って酒井忠清の元を訪れた平五郎が手にしていたのは、信之から忠清へ釘を刺す内容の手紙。忠清が去った後、平五郎が最期に見たのは自分に襲いかかってくる刃であった。

# 飼育

**1958年（昭和33年）**

大江健三郎

山間の村で捕虜になった黒人兵と村人たちをめぐる事件

第二次世界大戦の頃、「僕」が住んでいる山間の村に米軍の飛行機が墜落した。

落下傘で降りた黒人兵が大人たちに捕まり、僕が住む倉庫の地下に閉じ込められることになった。

僕は、黒人兵に食事を与える係にさせられた。大人たちが出払っている昼間は、僕たち村の子供たちが彼を監視する役目をすることになった。最初は得体のしれない怪物だと思っていた僕たちは、彼の人間らしさに接して「家畜」のような親近感を覚え始める。

ある日、役場の書記が崖から落ちて彼の義肢が壊れてしまう。黒人兵はそれを簡単に直してしまい、自由に外出することを許される。僕らは黒人兵と水遊びや散歩をするようになり、大人たちも黙認した。

ところが、黒人兵は村から県へ引き渡されることになった。

自分の身に危険が迫っていることを知った彼は、僕を人質にとって倉庫の中に立てこもってしまう。

黒人兵に裏切られた僕は強烈なショックを受けた。同時に、彼と一緒に地下室で過ごすことになったことに惨めさを感じた。

大人たちが説得する様子を絶望的な感じで見ていたが、次第に敵意を抱くようになる。

やがて大人たちが地下室に入ってきて、こともあろうに僕の父が鉈《なた》を振り上げ、黒人兵と僕に振り下ろした。僕は手を怪我し、誰も信じられなくなる。

僕はそれ以後、自分はもう子どもではないという考え方を持つようになった。

1982年（昭和57年）

# 時代屋の女房

村松友視

古道具屋の主人と家出癖のある女房との奇妙な関係

東京の下町で小さな古道具屋を営む中年男と店に転がり込んできた家出癖のある女との奇妙な関係と、その町に住む人々がおりなす悲喜劇を人情味豊かに描く。

JR大井町駅からしばらく行った三差路の近くの「時代屋」という古道具屋が舞台だ。

店の主人は安という男だが、女房の真弓が突然いなくなる。今回で4回目だが、過去3回はいずれも7日以内には帰ってきていた。

もともと真弓は、ある日ふらりと店を訪ねてきた客で、その時は、アブサンというトラ猫の捨て猫を抱いていた。青い奇妙な形のガラス器「なみだ壺」を買いたいと言い、安と言葉を交わした。

その日以来、真弓はアブサンとともに時代屋の住人になったのだ。気立てがよくて美人。真弓が来てから、時代屋は単なる古道具屋から、気の利いたポップな古道具屋に変身した。

真弓は自分の身の上話や故郷の話などいっさいしない。そしてある日、真弓はなみだ壺を残したまま姿を消してしまう。クリーニング屋の今井さんや喫茶店サンライズのマスターは心配して安を励ますが、内心では真弓はもう帰ってこないと思っている。

7日後の夕方、真弓のことを考えていた安は、アブサンが2階に駆け上がったことに気がつく。来た時と同じ格好で時代屋の女房はまた帰ってきたのだった。

1945年（昭和20年）

# 悉皆屋《しっかいや》康吉

舟橋聖一

染織にひたむきな男が苦労しながら本望をとげてゆく姿

悉皆屋《しっかいや》とは、衣服や布地の染織や洗い張りなどを引き受ける店や職人のこと。

康吉《こうきち》は吾妻橋の稲川という悉皆屋に小僧として入り、手代に抜擢された。そのうち、日本橋きっての梅村という悉皆屋の老番頭の伊助から番頭として引き抜かれる。

伊助は康吉のセンスと根性を見込み、徹底的に鍛える。

康吉は「柳納戸」「若納戸」といった色を考えだし、震災前の東京で話題をまくが、梅村は関東大震災で灰燼《かいじん》に帰す。

康吉は主人一家と水戸に移り住み、細々と商売を続けるが、商売のことで主人と衝突し、上京して独立する。

大震災後は経済恐慌や軍部のクーデターなどで社会不安が募ったが、衣食住に贅《ぜい》を尽くす風潮も生まれ、康吉は苦労しながらも次第に商売を軌道に乗せていく。

百貨店が康吉の力量に目をつけ、染織部長として迎え入れる。康吉の仕事ぶりは世間から高い評価を得て、染織界の五名家に数えられるようになった。

しかし、康吉は百貨店の売り上げ至上主義と染織界のいたずらに流行を追う風潮に嫌気が差し、百貨店を退職してしまう。

その後は、自分が信じた仕事だけを手がけていこうと決心する。

この小説の真骨頂は、和服の社会にひたむきな男である康吉が、さんざん苦労しながらも、悉皆屋として、男として本望をとげてゆく姿だ。

戦時中の暗い時代を背景に、日本の伝統工芸の世界をきめ細かに追求し表現した名作だ。

1960年（昭和35年）

## 忍ぶ川

三浦哲郎

東北出身の大学生と薄幸の女性に通い合う清らかな愛

「私」は東北出身の大学生で、東京の西北にある私立大学に通っている。

ある日、山ノ手の国電（JR線）の駅の近くの料亭「忍ぶ川」で、その店で働く志乃に出逢った。志乃は深川の廓《くるわ》にある射的屋の娘として育ち、母を亡くしている。父は病に臥し、兄姉と一緒に栃木で貧しく暮らしていた。

2人は互いに惹かれ、いつしか愛し合うようになる。

志乃と初めて深川に出かけた日、素直に家のことを語ってくれた志乃の姿に触れ、私は自分の暗い家庭のことを手紙に書いて告白した。

私の4人の兄姉には次々と自殺や失踪が続き、私は血の宿命を痛感させられていたのだ。私は「かつて自分の誕生日を祝ったことがなく、その日を兄弟の衰運の日のような気がする」と書いた。

それに対し、志乃は「来年の誕生日には、私にお祝いさせてください」とたった一行書いてよこした。

私はますます志乃に没頭していくが、志乃に婚約者がいることを知る。

志乃は破談に応じてくれた。

秋の終わりに志乃の父の容体が急変し、父は志乃のことを私に託して死ぬ。

その年の大晦日、私は志乃を連れて故郷に向かい、結婚式を挙げた。その雪の夜、雪国の習慣にしたがって、私たちは裸になって抱き合った。

1952年（昭和27年）

# 真空地帯　野間宏

軍隊生活の腐敗や残虐性、悲惨さを告発

時は太平洋戦争中の昭和18年。木谷上等兵が2年の服役を終え、大阪の原隊に帰ってきた。木谷の素姓に興味を覚えた曾田《そだ》一等兵は、彼が財布の窃盗と軍機漏洩《ろうえい》で服役していたことを知る。

木谷は、なぜそれだけの罪で2年余もの懲役刑に処されたのか。

背景には、経理室の利権をめぐる勢力争いがあった。

中堀中尉と林中尉が対立し、中堀らの策略で林が経理室を追われていた。木谷はその前日まで経理室に勤務しており、勢力争いとは関係がなかったが、林中尉の誤解から恨みを買っていたのだ。

木谷を憲兵に引き渡せば、芋づる式に中堀を窮地に追い込めるという目算が林中尉にはあった。木谷はいけにえで黒幕がいたのだ。

しかし、木谷は自分を刑務所送りにした林中尉から、自分の軍機漏洩が中堀中尉らの工作であったと知らされる。

中堀中尉は、木谷の事件で経理室の不正が暴かれるのを恐れ、師団の法務部を動かして木谷を反軍思想の持ち主に仕立て上げたのだ。

気づいたときにはすべてが遅すぎた。黒幕が、今度は木谷を野戦行のメンバーに加えようとしていた。しかも、中堀中尉の行方はつかめない。木谷は逃亡を試みるが失敗し、南方に向かう輸送船に乗せられる。

「真空」とは「兵営」を象徴する言葉として使われており、軍隊生活の腐敗性や残虐性、経理や人事の不正、兵士たちの生活像や倫理などを赤裸々に描いている。

**1990年（平成2年）**

# 新宿鮫　大沢在昌

犯罪絵巻が繰り広げられるハードボイルド

鮫島警部は、犯罪者にとっては疫病神のような存在だ。音もなく不意に襲いかかってくるので「新宿鮫」と恐れられる。

鮫島はただの刑事ではない。国家公務員上級試験をパスしたキャリア組だが出世には汲々《きゅうきゅう》とせず、現場仕事を全うすることを選んだ。

上層部と衝突して新宿署に島流しになったとはいえ、警察組織の秘密を握っている彼を処分することはできない。

『新宿鮫』では警察官だけを執拗に狙う連続射殺魔と戦った鮫島だが、『無間人形――新宿鮫Ⅳ』では、アイスキャンディという飲むだけで効く錠剤タイプの新型覚醒剤を取り締まるために動き出す。

製造元である地方都市の財閥・香川家の昇と進の兄弟は、新宿の暴力団・藤野組を利用してアイスキャンディを売りさばいていた。

昇は取引を優位に進めるために、鮫島の恋人・晶《しょう》を人質に取ろうと画策、鮫島の怒りは沸点に達する。

登場人物が緊張感をもって複雑にからみ合い、愛情、信頼、策略、欲望、打算、裏切り、弱さ、保身すべてを包含して物語が進んでいく。それまで添え物的だった晶が前面に出てきて、その魅力を十分に発揮している。

## 砂の女　安部公房

**1962年(昭和37年)**

砂穴に監禁された男は、蟻地獄から脱出できるのか……

　昆虫採集に出かけた男が、謎の失踪を遂げた。捜索願や新聞公告も出されたが、男は7年経っても戻らず、死亡認定を受けることになる。

　男は教師だった。ある夏の日、男は休暇を利用し、新種の昆虫を追い求めて、砂丘を訪れていた。そこには、砂の中に埋もれるようにして広がる、貧しい部落があった。

　帰るバスがなくなった男は、村人に勧められて、部落の中の家に泊めてもらうことになる。家は、砂の穴の中に沈むようにして建っていた。男は、いったん家へ降りるや、縄梯子を取り上げられ、蟻地獄のような砂穴の中へ閉じ込められてしまう。

　家には、30歳前後に見える色白で小柄な女が一人いた。日課は、降り積もる砂に家が埋もれないよう、スコップを使って砂かきをすること。ただそれだけのために生きる女だった。

　男は、あらゆる手を講じて、砂穴からの脱出を試みる。

　だが、逃亡計画は、部落の住民たちによって、ことごとく妨害される。毎日降り積もる砂の中で、男の神経はかき乱されていく。

　女とともに、砂かきの作業さえしていれば、最低限の待遇は保証された。食事はもちろん、酒や煙草、新聞の支給もある。

　それは、部落にとってもまた、男が必要な存在であることを意味していた。女の家が埋もれてしまえば、押し寄せる砂は、じきに部落全体を飲み込んでしまうのだ。役所からは、砂防対策の補助金も下りない。

　男の「監禁」は、部落の存亡をかけた「生き残るため」の罠だった……。

1991年（平成3年）

# 砂のクロニクル

少数民族クルドの運命を握る日本人武器商人の活躍

船戸与一

独立国家の樹立。それは、少数民族クルドにとっての悲願である。そのための暗躍を続ける彼らは、かつて共和国があった聖地・マハバードに集結して武装蜂起をたくらんでいる。革命と戦争を経験したイランの地。1980年代の話である。

しかし武器が決定的に不足している。この課題をクリアしなければ、武装蜂起そのものが成立しないのは明らかだ。そこで選ばれたのが、正体不明の日本人・ハジである。彼は武器密輸を生業とする男だが、今回の依頼はクルドの命運を左右するもの。依頼は2万挺のカラシニコフＡＫＭをホメイニ体制下のイランに運び込むこと。失敗は許されない。

組織の対立抗争、憎悪復讐劇、決闘、裏切り、武器輸送、裏工作、銃撃戦などの緊迫をはらみながら、物語はクライマックスへ近づいていく。聖地マハバードには、運命の糸に操られるかのように多彩な人間が集まってくる。革命防衛隊副部長のガマル・ウラディ、隊員のサミル・セイフ、クルド・ゲリラのハッサン・ヘルムート、過去を抱えた女シーリーン、そしてもう1人のハジも現れた。

それぞれ立場が異なる彼らは、当然ながら思惑も違う。

たとえば革命防衛隊の小隊主任であるサミル・セイフは、ホメイニの思想を絶対的に信じ、組織の一員であることに誇りを抱いている。だからこそ彼は理想を追い求め、革命の中にのみ生を見出そうとする。

さまざまな思惑が絡み合い、マハバードは一気に物語のクライマックスを迎える。

1987年（昭和62年）

# ソウル・ミュージック・ラバーズ・オンリー

ブラックミュージック響く恋物語

山田詠美

　ソウルミュージックの名曲をタイトルにした短編集。「PRECIOUS PRECIOUS」では、不細工でダサイ高校生バリーが主人公。学校の友人はもちろん、家族からもうとましく思われている暗いタイプの少年だ。高校卒業を間近に控えた彼は、友達もガールフレンドも楽しい思い出もなかった自らの高校生活を振り返り、いつもいじけているのだった。

　ところがある日、ジャニールゥという娘に一目惚れ。しかし自らアクションを起こすほどの甲斐性はない。一人もんもんと悩み、だからといって何もできないふがいなさにますます落ち込んでいる。

　そうした「苦渋」が知らぬ間に彼から「大人のカッコイイ男」の雰囲気を醸し出し、「毎晩どこかのバーで飲んでいる」とか「大人の女とデートしてた」といった噂が立つほどになる。

　そうなると、どうしたことか彼自身も効果的な細かい演技ができるようになってきた。自信のなかった少年が、一人の女の子の出現によって大きく変化していく様子が描写されている。

　このほか、クールを装おうとするが一人の女の前ではクールになりきれないＤＪを描いた「GROOVE TONIGHT」。

　急死した親友の恋人を心配するうち、愛していることに気づく「FEEL THE FIRE」など。

　ソウルのスタンダードをかけながら読んでみたい。

1955年（昭和30年）

## 太陽の季節

石原慎太郎

湘南を舞台に繰り広げられる未熟な〝愛〟

次から次に女を追いかけ回すN学園のボクシング部員・津川龍哉。しかし、東京で声をかけ知り合った英子は、龍哉を熱中させる何かを持っていた。夏に入る前に関係を持った時、初めて龍哉は「好きだ」と女に言い、その後英子が見知らぬ男と一緒にいるのを見て初めて女のために嫉妬した。

夏、龍哉はグループの連中と高原や湘南の海岸で遊ぶようになる。英子も葉山の別荘にやってきたが、龍哉は彼女と遊ぶかたわらで相変わらず女遊びを続けた。8月、ヨットで出かけた日から英子は変わる。龍哉を愛するようになり、彼のあとを付け回すようになって龍哉はわずらわしくなる。

ある日、兄の道久や女子大生など10人ほどで油壺に行った時、龍哉は女子大生と、英子は道久と関係を持つ。翌日兄弟は賭けをする。道久は、まだ英子が龍哉を愛しているなら5000円をやると言う。龍哉は賭けに勝つが、彼は5000円で英子を道久に売る約束をして志賀高原に遊びに行ってしまう。

その後、龍哉から自分が5000円で道久に売られたことを知った英子は、金は自分で道久に返すと言う。そして龍哉に抱いてもらえるまで金を出すと言い、道久と関係を持つたびに英子は龍哉に送金する。

秋、英子は龍哉の子を身ごもるが、彼は堕胎させることを決心。胎児は4カ月を越しており、帝王切開が行われたが、手術の4日後に英子は腹膜炎を併発して死ぬ。死によって英子は一番残酷な復讐をしたのではないか。葬式の日、龍哉は涙を浮かべながら香炉を握ると英子の写真に叩きつけた。

## 沈黙

遠藤周作

**1966年（昭和41年）**

神を棄てて苦難の中に「あの人」を見出した神父の物語

小説の舞台は、キリスト教禁止令が出されていた江戸時代の長崎である。ポルトガルのイエズス教会が日本に派遣していたフェレイラ神父が拷問の末、転んだ（棄教した）という報告がローマ教会になされた。

フェレイラ師の教え子だったロドリゴたちは、その事実を確認するために日本潜入を企て、布教が困難であることを承知で日本で潜伏布教を試み、日本人のキチジローを案内人に、マカオから潜入してきた。

ロドリゴは隠れ切支丹《きりしたん》の村に潜んで、礼拝や説教をしていたが、憶病者のキチジローの裏切りに遭い、長崎奉行所に捕らえられてしまう。奉行の井上築後守はロドリゴに棄教させて信者たちの信仰心をくじこうとする。拷問される信者たちのうめき声を聞かせ、イエス・キリストの銅板の像を踏みつけるように迫る。ロドリゴは神に救いを求めるが、神は「沈黙」を守り続ける。

ロドリゴは司祭でありながら、神の存在そのものに疑念を持つ。そして、彼は自分の苦しみよりも他人の苦しみのために踏み絵に足をかけることを選ぶ。彼は足を上げたが、鈍い痛みを感じた。その時「踏むがいい。お前の足の痛さは、この私が一番よく知っている。踏むがいい。私はお前たちに踏まれるためにこの世に生まれ、お前たちの痛さを分かつため十字架を背負ったのだ」というあの人の声を聞く。

転んだ司祭は生殺しにされる。袈裟を着て寺に住むよう命じられ、女をあてがわれる。子どもたちは「転びのポウロ」と囃《はや》したてる。司祭が棄教した事実はポルトガルに伝わるが、司祭の心は揺るがなかった。

**1972年（昭和47年）**

# 手鎖心中

井上ひさし

絵草子作者になりたい江戸の若旦那を洒落のめす

他人を笑わせ、他人に笑われ、そのために死ぬほど絵草子作者になりたいと思っている江戸伊勢屋の若旦那・栄次郎を洒落のめした物語。

江戸の本屋・蔦屋重三郎は京伝《きょうでん》の黄表紙、南《なん》畝《ぽ》の狂詩本、歌麿の遊女絵を出版して大いに繁盛していたが、田沼時代が終わり、寛政の改革によって翳りが差し始める。その頃、蔦屋に大阪から近松与七（後の十返舎一九）が寄宿してきた。

ある日、京橋の京伝店に与七、西宮太助（後の式亭三馬）、会田清右衛門（後の曲亭馬琴）とこの物語の主人公・栄次郎が顔を揃える。栄次郎は、絵草子作者になりたいという願いをかなえるため、3人に仕事を手伝ってほしいという。4人は狂歌なぞなぞと桃太郎をもじって『百々《もも》謎化物名鑑《なぞばけものめいかん》』という本を作り上げる。

しかし、この本は世評には上らなかったので、栄次郎は父に頼んで期限付きの勘当の身となり、鳥越の若後家おすずの入婿となる。

こうしたいきさつを読売に仕立て、女房納得ずくの家出をしたりするが噂にも上らない。そこで『吝嗇《けち》吝嗇《けち》山《やま》後日《ごじつ》哀談《あいだん》』という本を出し、御政道批判のお咎めをこうむるために番所へ名乗り出る。裏からお金で手をまわし、やっとのことで手鎖3日の刑を得る。おかげで本は売り切れるのだが、調子に乗って三浦屋の遊女箒木と茶番心中を企てたため、真に受けた箒木の間夫《まぶ》の大工・清六が鑿《のみ》で栄次郎を突き殺してしまう。

清右衛門は、茶気《ちゃき》や洒落に命をかける価値があるのかと問うが、与七は「茶気が本気に勝てる道をさがす」という。これが十返舎一九の誕生となる。

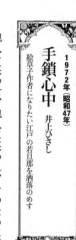

# 点と線

**1958年（昭和33年）**

松本清張

時刻表で点を線に変え、鉄壁のアリバイを崩す

事件は、博多に近い香椎《かしい》の海岸で中央官庁の課長補佐・佐山憲一と赤坂の料亭の女中・お時の死体が発見されるところから始まる。死因は青酸カリだった。2人が東京駅で寝台特急「あさかぜ」に乗り込むところをお時の同僚の八重子ととみ子、さらに店の客である安田辰郎が目撃していたこともあって、2人は情死として処理された。

現場に立ち合った刑事・鳥飼重太郎は死因に不審を持ち、1人で調べ始める。表面的には情死に見えるが、何よりも佐山はいま中央官庁で問題となっている汚職事件の中心人物なのだ。食堂車では佐山は1人で食事をしており、宿にも1人で泊まっていたという。そして女からの連絡を待っていたということにも疑問が残った。

東京から来た警部補の三原紀一も鳥飼の考えに共鳴し、捜査を始める。まず、東京駅で2人を見たという3人の目撃証言に疑問を持った。安田は店の八重子ととみ子を食事に誘ったが、彼は絶えず時計を気にしていたという。そして、2人に東京駅まで見送ってほしいと突然頼んだ。療養中の妻に会うため、鎌倉へ行くというのだ。13番線の横須賀線ホームに立った時、偶然、特急列車に乗り込む佐山とお時を見かけたという。ところが、13番ホームから15番ホームが見通せるのは一日にわずか4分なのだ。三原は、偶然よりも作為的なものを感じ、安田の身辺を洗い始める。

しかし、事件当日の安田は北海道へ出かけており、アリバイは完璧だった。三原は鳥飼の助言を得ながら、列車時刻表を駆使して一つひとつ謎を解いていく。

1957年（昭和32年）

## 天平の甍《いらか》

井上靖

鑑真招聘のために唐に渡った若い僧たちの20年の苦闘

天平勝宝6（754）年、中国から鑑真が来日し、聖武天皇は唐招提寺を建立して名僧の来日に応えた。この作品は、鑑真を招聘《しょうへい》するために中国に渡って努力した留学僧たちの数奇な運命を描いたものである。

天平5（733）年、日本に仏教が到来して180年が経っていたが、当時の日本にはまだ僧侶が守るべき正式な戒律が定められていなかった。朝廷は優れた伝戒《でんかい》の師を中国から招いて、正しい仏教の戒律を施行しようと考えた。その使命を担うことになったのが、普照《ふしょう》、栄叡《ようえい》、戒融《かいゆう》、玄朗《げんろう》の4人の若い僧たちだった。彼らをふくめ580人を乗せた第9次遣唐使船は3カ月以上をかけて蘇州に漂着した。

留学僧たちの宿泊寺も決まり、法を学ぶなり名所仏蹟を見学するなり、各自が自由に学習することになった。栄叡は鑑真に来日を請い、快諾を得たものの日本に連れ帰るには多大な苦難が待ちかまえていた。唐土を歩いて見聞すると称して寺を出奔した戒融は行方不明になり、懐郷病《ホームシック》にかかった玄朗は現地の女性と結婚して中国に住むことになる。鑑真の招聘に最も熱心だった栄叡も志半ばにして病に倒れてしまう。

一方で鑑真招聘の試みも続けられていたが、名高い高僧の離唐を惜しむ唐僧や官吏たちの妨害、暴風雨による座礁や難破、海南島までの漂流などで、4度にわたる日本への渡航はことごとく失敗していた。こうした苦難を乗り越え、5回目の渡航で鑑真は日本へ到着、普照は鑑真に従って20年ぶりに帰国することができた。鑑真は唐招提寺を開き、その金堂の甍には唐の戒融から普照に送られてきたしゃちほこが使われた。

## 泥の河

**1977年（昭和52年）**

宮本輝

戦後10年目の大阪。貧しい街に暮らす少年のつかのまの友情

舞台は、昭和30年の大阪。主人公の少年・信雄は土佐堀川の橋のたもとで、うどん屋を営む父親と母親の3人で暮らしている。

台風が近づいたある日、信雄は同じ8歳の少年・喜一と会う。喜一は、姉の銀子とパンパンをしている母親と、橋にからみついた汚物のようなみすぼらしい船で暮らしていた。「その船には夜、近づいてはいけない」と父親から言われていた。

喜一と仲良くなった信雄は、たびたび船を訪ねるようになる。喜一も銀子もいない時に船を訪ねると母親がいた。美しい顔立ちで、部屋にはなまめかしい匂いがこもっていた。貧しさや怒り、恥の感情がむき出しになった船の生活は信雄の知らない世界だった。

天神祭の日、2人は天神さんに出かける。喜一がおもちゃのロケットを万引きし、信雄は「そんなことすんのん、泥棒や」と喜一をとがめる。

その夜、喜一は信雄を船に連れて行き、生きた川蟹を油に浸して火をつける。火柱を上げてはいずりまわる蟹を見て、喜一を恐ろしく思う。さらに、船の中で男ともつれあう喜一の母親を目撃し、ショックで泣き出してしまう。

祭りの後、信雄一家は新潟に行くことになった。信雄は何度も船を訪ねるが、喜一はいない。明日が出発という日に、喜一の船がポンポン船に曳かれて行ってしまった。「きっちゃん！」と叫びながら船を追う。その後ろを追うようにお化け鯉が泳いでいるのが見えた。「お化け鯉がうしろにいてるんやでェ」と叫ぶが、舟からは何の反応もなかった。作者のデビュー作で、『螢川』『道頓堀川』に並ぶ「川三部作」の一つ。

**1981年（昭和56年）**

## なんとなく、クリスタル

女子大生の目から見た1980年当時の時代の空気を表現

田中康夫

主人公の由利は1959年生まれで、アルバイトでファッションモデルをしている大学生だ。

「イケてる」ブランドに囲まれた生活を望んでいる。

だから、南青山のマンションの一室で、朝目が覚めたらFEN《フェン》で洋楽を聴くのが、彼女の「イケてる」生活である。

恋人の淳一はフュージョンバンドのキーボーディスト。

2人とも何不自由なく育ち、大学生であるにもかかわらず多額の収入を得ている。何の束縛も受けない自由気ままな生活をどこまでも求めようとしている。

由利は、淳一が演奏旅行に出かけて離れ離れになっている2週間の間に、ディスコで知り合った正隆という男の子と何気なく関係を結んでしまう。

淳一が帰ってきた。

彼の方も誰か別の女の子と関係を結んできたことに気づく。しかし、由利はすでにお互いが離れられない関係になっていることを知っている。2人とも経済的な生活力を持っているから、必要以上に束縛し合わずに一緒にいられるのだけれど。

だから「同棲」ではなく「共棲」という雰囲気で暮らしていられるし、淳一のコントロールの下で、「従属」ではなく「所属」していることができる。

淳一がいてくれることが、由利のアイデンティティなのだ。だから、由利はこの生活が長く続くことを望む。

**1973年（昭和48年）**

# 日本沈没

小松左京

〝日本沈没〟を未曽有のスケールで描いたSF小説

小笠原諸島の北で、一夜にして小島が海中に沈没した。現場調査に向かった地球物理学の田所博士と深海調査艇「わだつみ」の操縦者小野寺は深度7000メートルの日本海溝の斜面から噴出している大規模な海底乱泥流を発見した。日本に何かが起こりつつある……田所はデータを集め続けた。

その直後から日本各地で大地震や火山の噴火が続発し、田所博士、小野寺、情報現象論の天才・中田らを中心とした「D計画」が発動され、異常事態を解明するための大規模な調査が開始された。やがて田所博士は最悪の事態を明らかにした。「日本列島の地下でマントル対流が急変する兆候があり、支えを失った日本列島は海面下に沈む」と。その時、関東地方にマグニチュード8・5、死者・行方不明者250万人の大規模な地震が発生し、東京は機能を停止した。

日本政府も諸外国も日本民族が生き延びるための対策に立ち上がった。シミュレーションの結果、日本列島は水平に35キロ移動し、2000メートルも沈むことがわかった。事態は急を告げ、D計画も、調査目的のD－1から、日本民族の救済を目的としてD－2へとシフトしていった。

国際社会で日本を救う活動が本格化するとともに、日本沈没後の極東情勢を探るための諜報活動も本格化した。日本民族は船や飛行機で日本列島からの脱出を開始したが、1億1000万人が脱出するには変動発生まで10カ月という残り時間はあまりに短かった。列島は完全に沈没してしまい、帰るべき国を失った日本民族の流浪の歴史が始まった。

1987年（昭和62年）

# ノルウェイの森

透明な直子と闊達な緑とのはざまで

村上春樹

37歳の僕は、ハンブルク空港に着陸した飛行機の中で流れてきたビートルズの「ノルウェイの森」を耳にし、沸き上がった18年前の鮮烈な記憶に圧倒され混乱する。

大学に入学し東京で生活を始めた18歳の僕は、ある日曜日、中央線の中で高校時代の友人直子と再会する。彼女は、僕の自殺した親友キズキの幼なじみかつ恋人だった。その日以来毎週末、僕たちはほとんど言葉を交わすこともなく都内をひたすら歩き続けるようになる。1年後、直子の20歳の誕生日に直子は壊れたようにしゃべり続け、そして長い間泣き、やがてふたりは結ばれる。しかし直子は直後に消息不明に。実家あてに手紙を書き続けた僕のもとに、やがて直子から「京都の療養所にいる。会う準備ができたら手紙を書く」と返事が届く。

やがて僕は大学で小林緑と知り合う。快活でエキセントリック、料理が上手く死にかけた父親の介護をする緑に翻弄されながらも僕は少しずつ惹かれていく。

そんな時、直子から手紙が届き僕は京都の療養所へ直子を訪ねる。直子と同部屋に住むレイコさんもまじえて3人は楽しく過ごし、レイコさんはギターで直子の好きな『ノルウェイの森』を弾く。

東京に戻った僕は、学校やバイトの合間に緑と会い、直子と手紙のやりとりをして日々を過ごしていく。やがて双方を愛していることを自覚し悩む僕。しかし直子の症状は次第に悪化し、自殺してしまう。最後にレイコさんとふたりだけで「お葬式」をした僕は雑踏から緑に電話をかけ、世界中に君以外に求めるものは何もないと伝える。

1957年（昭和32年）

# パニック

開高健

ネズミの異常発生が呼び覚ました人の心に潜む闇

山林課の課長は、1年前に俊介が出した分厚い企画書を軽く投げてよこした。

去年の秋、120年ぶりにこの地方でササが大繁殖し、野外に住むあらゆる種類の野ネズミが殺到しその実を食い尽くした。次の春、膨大な数に繁殖したネズミが地上に現れたら田畑や山林にどれほどの被害を及ぼすか。研究課からの警告を受けた俊介は、綿密な対策書を書き上げ、火急を要する案件であるため局長宛に直接提出した。結果、何も知らなかった課長からは反感を、同僚からは軽蔑を買うだけに終わってしまう。

春、俊介の予想は的中した。山の木々は丸裸になり、耕作地や田畑では蒔いた麦が発芽しない。倉庫や製粉所は荒らされ、市街はドブネズミで溢れかえった。殺到する苦情に山林課では種々の対策を講じるも効果はなく、やがて伝染病の噂が横行、パニックの拡大はとどまるところを知らない。

騒ぎは失政への弾劾、知事リコール運動など政治現象にまで発展。俊介は良心の象徴として祭り上げられる。そんな時、俊介は課長に呼ばれ局長との密談に赴く。上申書却下の不明を率直に詫びる局長に心動かされた俊介だったが、話し合いの実態はネズミ発生終息宣言という茶番の共犯者に仕立てようという罠《わな》だった。泥酔し帰宅した俊介を待っていたのは農学者。ネズミが移動をはじめたという。飢えと狂気に駆られたネズミの膨大な集団が湖を目指して疾走し次々水に沈んでいく光景を俊介は眺めた。ネズミの消失とともに政治と心理のパニックもまた人々の意識の底深くもぐってしまうのだろうか……俊介は虚脱感を覚えた。

## 1982年（昭和57年）

# 羊をめぐる冒険

村上春樹

僕と〝背中に星形の斑紋〟のある羊を探す旅

僕は妻と別れた八月の始めに、完璧な耳を持つ二十一歳の彼女と出逢った。彼女はコールガールで、耳のモデルで、校正の仕事をしていた。九月の昼下がり、「あと十分ばかりで大事な電話がかかってくるわよ」と彼女が言い、それは「羊のことよ」と告げた。そして、広告代理店を一緒に経営している友人から電話がかかってきた。羊の件で男が来ているという。

その男は右翼の大物の秘書であった。僕が広告に使った写真に写る羊を探してほしいという。写真は、消息が不明になっている鼠からの手紙に同封されていたものだ。その写真には羊の群れが写っており、その中にいる〝背中に星形の斑紋〟もつ羊を探してほしいという。もし、「羊が探し出せれば、欲しいだけの報酬を出す。依頼を拒めば、全てを失う」と脅される。僕は彼女と一緒に北海道に向かった。

僕と彼女は「いるかホテル」に泊り、そこで羊博士と出会う。そして写真に写っているのは緬羊牧場で、いまは別荘になっていることを知る。さらに、星形の斑紋を持つ羊の意味を知った。その羊は選ばれた人間に入り込み支配する。

僕は彼女と別荘に向かうが、彼女は突然現れた羊男に追い返される。その羊男を操っていたのは鼠だった。夜、その鼠が現れた。鼠は言う。羊に乗っ取られた自分の弱さを、そして、その弱さを断ち切るために羊とともに自殺したことを。さらに頼みごとをしてきた。

僕は、朝、鼠との約束を果たして別荘をでた。そして、依頼してきた秘書に出会った。その秘書は鼠の別荘に向かうという。僕は帰りの電車に乗るとき、別荘の方向で爆発音がするのを2度聞いた。そして、そこから白煙が上がった。

## 氷点

**1965年（昭和40年）**

三浦綾子

人間にとって原罪とは何かを追求した作品

旭川市で病院を営む辻口啓造と妻の夏枝には、徹とルリ子という2人の子どもがいる。美しい夏枝は男たちから慕われるが、ある日、家で眼科医の村井と関係を持ってしまう。その間、3歳のルリ子は1人で外へ遊びに行き、林の中で出会ったゆきずりの男に殺され、翌朝、死体で発見される。

夏枝はルリ子を失ったショックで精神病院に入院し、回復して家に帰ると女の子が欲しいと啓造に訴える。避妊手術で子どもの産めない体になっていたのだ。

啓造は、親友の高木が嘱託医をしている札幌の乳児院にルリ子殺しの犯人の娘が預けられていることを知る。夏枝への屈折した復讐心と「汝の敵を愛せよ」という教えから犯人の娘を夏枝に育てさせようとする。

事情を知らない夏枝は娘に陽子という名前をつけ、ルリ子以上に可愛がって育てる。陽子も素直な明るい少女に育っていく。陽子が7歳になった頃、夏枝は啓造の手紙を盗み見て、真相を知ってしまう。夏枝は啓造と陽子に激しい憎悪を抱く。その態度をたしなめたことから啓造と夏枝は口論になり、そのすべてを徹が聞いてしまう。

北大医学部に進んだ徹は、先輩の北原を陽子に紹介、2人は親密になるが、嫉《ねた》んで2人の間を裂こうとした夏枝が出生の秘密をばらしてしまう。陽子は「生きる望みを失いました。私の氷点は（お前は罪人の子だ）というところにあったのです。父をゆるしてください」という遺書を残して自殺する。実は、陽子は犯人の子ではなかったのだが……。

1959年（昭和34年）

## 梟《ふくろう》の城

司馬遼太郎

秀吉暗殺を生き甲斐にする忍者の闘い

舞台は天下人・豊臣秀吉が愚挙ともいえる朝鮮出兵を強行し、世継ぎの秀頼が生まれた頃、すなわち豊臣政権末期である。

伊賀最強とされる葛籠《つづら》重蔵《じゅうぞう》は、かつての仇・織田信長が世を去ってからというもの、生きる目的を失っていた。ある時、世を捨て隠遁《いんとん》生活を送る重蔵の元に、かつての師である下柘植《しもつげ》次郎左衛門から豊臣秀吉暗殺の依頼が舞い込む。

堺の豪商・今井宗久から金で請け負った任務だが、かねがね忍者としての生涯を華々しく終えたいと考えていた重蔵は、伊賀全土を焼き払った信長への恨みを権力者である秀吉に重ね合わせ、この依頼を受諾。秀吉暗殺に乗り出す。

今井宗久のもとへ向かう途中、宗久の養女を名乗る小萩という女が現れる。小萩は徳川方に通じた女忍者で、重蔵を監視する役目を担っていた。にもかかわらず2人は通じ、密かに愛し合うようになる。

重蔵には頼もしい部下がいる。女忍者の木さると、黒阿弥だ。むろん、重蔵とともに秀吉暗殺の機会をうかがっている。

ところが彼らの前に強敵が現れる。かつての仲間であり、今では伊賀を裏切り前田玄以《げんい》に仕える風間五平である。五平は重蔵を捕らえることで玄以から出世を約束されており、その玄以は甲賀の総帥・摩利支天洞玄も雇い、重蔵暗殺を狙っている。

秀吉暗殺計画は家康によるもので、淀君懐妊を機に家康は暗殺計画を撤回。計画の存在を知る者の抹殺を命じた。しかし重蔵にとって秀吉暗殺はもはや仕事ではなく、忍びとしての生き甲斐になっていた。

# ボッコちゃん

1971年(昭和46年)

ショートショートの金字塔

星新一

ショートショートの達人・星新一のショートショート集。本のタイトルにもなっている「ボッコちゃん」など50のショートショートが収められている。主なものを紹介しよう。

「ボッコちゃん」。バーのマスターが趣味で作ったロボットのボッコちゃん。非常に美しくロボットとは知らずに好きになってしまう男性が続出。その中の一人が本気で好きになってしまい告白するが、振られてしまう。そして、その男性は毒をボッコちゃんに盛るのだが……。

「殺し屋ですのよ」。ある会社の社長は林の中を散歩中、殺し屋を名乗る女性に出会う。彼女はその会社のライバル会社である社長を殺してあげるという。それも病死で、絶対にわからないという。さらに成功報酬でいいという。そして3カ月後、ライバル会社の社長は死んだ。そして、成功報酬を受け取った女性は職場に戻ると白衣に着替えたのだが……。

「おーいでてこーい」。突然地上に穴が開いた。その穴は底なしで、何を捨てても穴が埋まってしまうことはなかった。そこで、人々は失恋相手の思い出の品々から、核の廃棄物まで、ゴミというゴミをその穴に捨ててしまう。しかし、それら、どこへ行ってしまうのか。ある時……。

「親善キッス」。地球人の親善使節団を乗せた宇宙船は初めてチル惑星に降り立った。チル惑星は地球と似ていて住民たちも人間とそっくり。ある使節団の団員は邪《よこしま》な考えから、地球の挨拶は唇と唇のキスであるとチル惑星の住民に教える。住民は最初戸惑うが、新たな挨拶方法に感動して流行になる。使節団員は素敵な住民女性からもキスの挨拶を受けるが、あるパーティーでとんでもないものを見てしまう……。

1983年（昭和58年）

# 優しいサヨクのための嬉遊曲

家庭的な変化者を目指す千鳥の物語

島田雅彦

主人公の千鳥姫彦。彼は、外池が主催するソ連の反体制運動を研究するサークルに参加している。千鳥は、共産党でもなければ新左翼でもない。それでも、社会を変えるべきだと思う優しいサヨク。

千鳥はあるとき出会った逢瀬みどりに5秒で恋に落ちる。そして、オーケストラ団員である彼女を待ち伏せて声をかける。優しくて、少し理屈っぽくて、そこはかとなく魅力的な千鳥にみどりも好感をもつようになる。

一方、サークルではソ連の反体制運動の象徴サハロフを応援する集会を開いて、そこそこの成果を上げる。しかし、そのサークルの活動は集会が終わると目標を失い停滞する。

そんななか、千鳥はみどりと頻繁に出会うが、なかなか進展しない。そこで、千鳥はみどりの所属するオーケストラのチームに入り、彼女とともにモーツァルトの嬉遊曲を練習する。

一方、サークルで性的に少し歪んだ無理という男が、ぼったくりの風俗につかまってしまう。それに懲りた彼は、逆に自分もホストになって騙してやろうと男に身体を売る。身体を売ったお金は思ったより多額で、サークル員の仲間二人をホストに誘い「社会主義道化団」を名乗る。

サークル員の多くが大学を卒業する季節になった。外池はパリにソ連の反体制運動を学びに私費留学に行くという。

千鳥は、相変わらずなかなか進展しないみどりとの仲に焦り、サークルをやめて愛に生きようと誓う。そして「考えても駄目よ。考えるっていうのは悩むことなの。悩んだり、苦しんだりしたくなかったら考えない方がいいんですって」というみどりの言葉に救われるのだった。

1966年（昭和41年）

# 竜馬がゆく

司馬遼太郎

永遠の歴史ヒーローの生涯を描くロングセラー

時は幕末。土佐藩の郷士の次男として生まれた坂本竜馬は、江戸の千葉道場へ剣術の修業に出る。身分制度の厳しい世の中で、剣で立身出世を願う青春時代を過ごしていた。だが、日本を揺るがす一大事件が起こる。1853年、鎖国を続けていた日本にペリー率いる黒船4隻が来航。初めて見る異国の艦隊に竜馬は大きな衝撃を受ける。

土佐に戻った竜馬は尊王の思想に傾き、武市《たけち》半平太らとともに土佐勤王党に参加するが、やがて彼らとの間に思想的な隔たりを感じるようになっていく。土佐藩を脱藩し、自分の生きる道を探し求める竜馬は、江戸で幕府の役人・勝海舟を暗殺しようと企む。しかし、その人間性と開明的な思想に惹かれ、逆に彼の弟子となり海軍操練所創設を手伝う。

その操練所が閉鎖されると、竜馬は薩摩藩の援助のもと、貿易会社・亀山社中（のちの海援隊）を設立。幕府の弱体化による日本の行く末を案じ、勤王倒幕へと動き出す。倒幕のために竜馬が考えた秘策は、犬猿の仲だった薩摩と長州の2つの大藩を同盟させることだった。盟友の中岡慎太郎とともに東奔西走し、ようやく同盟を実現させると、時代は倒幕へと大きく動き出していった。

そうした中、竜馬は定宿にしていた伏見の寺田屋で幕吏の急襲を受けるが、妻となるおりょうの機転に救われ、なんとか危地を脱出。その後も倒幕後の新政府のあり方を示した「船中八策」をまとめるなど、明治維新に大きな影響を与えていく。しかし、幕府が大政奉還し倒幕後わずか1カ月、役割を終えたかのように竜馬は33歳で歴史の舞台から姿を消していった。

1953年（昭和28年）

# 悪い仲間

安岡章太郎

友人の真似をして別の自分になろうと思い込む男

大学の夏休みのある日、フランス語学校のいつも「僕」が座っている席に藤井高麗彦が座っていた。異様な匂いやふてぶてしい態度に反感を覚えた。しかし、一度つきあうと急に親しくなり、仲は深まった。

藤井は僕に数々の悪い遊びを教え込む。レストランでシュロの樹に火をつけて隙を見て食い逃げしたり、盗みや覗き見をしたり。僕と違って彼は女を知っているらしい。そう思うと彼に一層憧れるようになり、積極的に藤井の行動を真似するようになった。

夏休みが終わって藤井が京都に帰ると、大学の親友・倉田が北海道から戻ってきて、僕は倉田と派手に遊ぶようになった。食い逃げ、盗み、覗き見……今度は倉田が驚く番だった。

ある日、京都から藤井が出てきて、藤井と倉田はたちまち親しくなった。藤井の真似をしていたにすぎないことがばれてしまった僕は、見返すために川向こうの私娼窟に連れて行く。ところが、僕だけ警官に捕まってしまい、仲間内での地位をさらに失墜させてしまった。

藤井が京都へ戻っても、以前のように倉田を扱えなくなった。少しでも藤井に好かれたいと、互いに競って藤井に手紙を送った。藤井が退学を命ぜられ、故郷へ帰ることになった。僕は半年間の生活を振り返って、倉田を利用して今までの生活から抜け出そうとする。しかし、授業をサボっていつもの喫茶店にいるところに藤井と倉田の声が聞こえてくると、思わず逃げ出してしまった。

藤井を真似して別の人間に生まれ変われると思ったのだが、彼のようにはなるまいと思うようになったのだ。

# われらの時代

1959年（昭和34年）

残された英雄的な行為は自殺しかないおれたちの時代

大江健三郎

主人公の学生・靖男は、外国人相手の娼婦・頼子と同棲している。靖男は、日本の若者には希望と呼ぶべきものがないと思い込んでいる。自分自身、頼子が仕事をしている時には街を彷徨しなければならず、自己の生活を他者に委ねて主体的な行動を喪失し、自己主張しないまま他者に従属して生きている。そんな「女陰的な世界」から脱出したくてもできず、うずくまっている。現実から脱却するためにフランス留学つきの懸賞論文に応募し、入賞する。靖男は喜ぶが、頼子は妊娠していることを知る。

靖男は、友人の学生コミュニスト八木沢から紹介されたアラブの独立運動家と話すうち、自分がフランス留学することは体制側（フランス政府）につくことになり、アルジェリアの青年と日本の青年が被圧迫民族という名で同胞であるなら靖男のフランス行きは裏切り行為になると指摘される。

靖男の弟・滋は「不幸な若者たち」という名のジャズバンドのメンバーだ。彼らも希望のない日常からの脱出を求めていた。世界をびっくりさせるために天皇の車の前で爆弾を破裂させる計画を立てるが、度胸試しで滋以外の2人が爆死。滋は警察に追われ、墜落死してしまう。靖男はフランスに行くため頼子との生活を清算しようとするが、ガスで無理心中を仕掛けられる。

助かった靖男はアラブ人と連携することを決意し、フランス大使館へ行ってアラブ支持を表名する。彼はフランスに留学できなくなる。残された英雄的な行為はもはや自殺しかない。だが自殺することさえできない。これがおれたちの時代なのだ。

# *Part4*

# 現代の名作

## 2009〜10（平成21〜22年）
# 1Q84 村上春樹
### ファンタジックな世界で求め合う二人の絆を描く

30歳になる青豆は10歳の時に手を握ってから別れてしまった天吾が一生の恋人だと思っていた。そして、今でも会いたいと願っていた。

彼女は現在、ジムのインストラクターをしながら、ある老婦人に頼まれて、ひどいDV事件を起こす男性を始末する殺し屋もやっている。といっても、殺したのはまだ3人。

一方、天吾は、塾の教師をしながら小説を書き、小説新人賞の下読みもしていた。その応募作品のひとつの『空気さなぎ』に、非常に引き込まれた。それを書いたのは17歳のふかえり。しかし、その表現や文章力は非常に稚拙だった。

編集者の小松は、この『空気さなぎ』を新人賞し、大ベストセラーにしようと野心を燃やす。そして、その書き直しを天吾に依頼した。

その申し出を引き受けた天吾はふかえりの面倒を見ている先生に会う。先生は、ふかえりが、宗教団体「さきがけ」のリーダーだった男の娘であったことを告げる。

そんなとき、青豆は、二つの月を見る。そして今の1984年が、1Q84という違う世界なのではないかと感じるようになった。

青豆は、ある日、依頼人である老婦人からつむぎを紹介される。彼女が10歳にもかかわらず、「さきがけ」でひどい性的虐待をうけ、一生子どもが埋めない体になったことを聞く。

一方、天吾が書き直した『空気さなぎ』は新人賞を獲得し、ベストセラーになるが、ふかえりは、忽然と姿を消してしまう。そして、彼女から送られてきたテープには、「さきがけ」が彼女の小説に怒っていることが語られていた。

「さきがけ」とはどんな組織なのか。青豆は天吾に逢えるのか。物語は急展開をみせる……。

**1999年（平成11年）**

## 永遠の仔

天童荒太

幼年期にトラウマを抱えた三人の男女の感情の機微

18年前、愛媛県のある小児精神病院に優希という少女が預けられた。彼女はある夜そこを抜け出し、野山をさまよう。彼女を連れ戻しにきたのは施設の少年・笙一郎と梁平だった。三人は木の洞で一夜を過ごし、同質の苦しみを抱えていることを知る。長年、親から虐待を受けた心の傷だった。

それから18年、少女は看護師に、少年たちは弁護士と検事になった。しかし、三人の再会はどこか暗い予感を秘めたものになった。あの夜、三人はある恐ろしい犯罪を犯し、誰に知られることなく自分たちの記憶の中だけに隠していたのだ。

ところが、再会によってその忌まわしい記憶の扉を開けてしまった。その日を契機に、彼らの周りで謎の連続殺人事件が起き始める。

いったい犯人は誰なのか。すべての基点となる18年前の「聖なる事件」に起因するものなのか。

一方で優希の弟・聡志は、父の事故をかたくなに隠し通そうとする母や、ある日を境に急に優しくなった姉の態度に不信を抱く。そして自殺した母の遺書から、姉の重大な秘密を知る。その秘密を永遠に葬り去ろうとした聡志は、家に放火してしまう。

優希は笙一郎と梁平二人を誰よりも必要とし、二人も優希を愛していた。しかし、お互いに愛し愛される資格がないと信じ、ずっと互いを見守り続けるしかなかった。

三人は抗うこともできずに事件に巻き込まれていく。

やがて笙一郎は自殺、優希は母の遺書から意外な事実を知る。

# 海賊とよばれた男

2012年（平成24年）

出光興産を作った出光左三をモデルにした小説

百田尚樹

主人公の国岡鐵造は、戦前、国岡商店という石油販売会社を経営していた。しかし、戦後、石油配給統制会社（石統）から締め出されていた国岡商店は石油販売ができなくなる。

だが、国岡は従業員の生活を守るため、ラジオ修理の仕事を始める。なかなか利益の出ないラジオ修理だったが、あるとき石油タンクの底にある油をさらって、それを供給してくれないかという仕事が舞い込む。しかし、底の油を汲みだすのは、非常に大変な重労働だ。政府の商工省は、それができるのは屈強な従業員の首を切らずにいる国岡商店しかないと、頼んできたのだ。この仕事を鐵蔵は引き受けた。

鐵蔵は、戦前、販売地域が決まっていた石油業界で、陸地での販売地域が決まっているのなら海上で販売してやるとして、海上で販売した。だから海賊と呼ばれるようになったのだ。

そして、そのためもあって、多くの競業する石油販売会社には嫌われ、石統にも入っていなかった。しかし、転機が訪れる。石統はGHQのもとで石油供給公社に変わり、そこに国岡商店も加わることできるようになったのだ。

さらに、国岡鐵造は周囲の反対を押し切って、巨大タンカーの製造を考える。これからは石油の時代だ。巨大タンカーが必要になる。そして最大のチャンスが訪れた。イランとの石油取引であった。石油を買い叩くイギリスとの取引を嫌がったイラン政府が国岡商店との取引を求めてきた。しかし、大きなネックがあった。それは、イギリス海軍の目をかいくぐってイランまでタンカーをたどり着けさせることだ。失敗すれば死をも覚悟しなければならない。しかし、鐵造は決意した。そして、秘密任務は始まった。

**1993年（平成5年）**

# 顔に降りかかる雨

女流作家による巻き込まれ型ハードボイルド・サスペンス

桐野夏生

海外に出張中の夫に自殺されてしまった私・村野ミロはいまだに立ち直れず、かつて父親が営んでいた新宿の調査事務所に居候をしている。

ある夜中に電話がかかってきたが、電話を取らず朝を迎えてしまった。調べると留守番電話の中身は無言だった。その直後、村瀬と名乗る男から電話がかかってきた。村瀬は、私の友人でルポライター・宇佐川燿子の恋人である。

村瀬は「燿子の行方を知らないか」と聞く。燿子は、村瀬が預けた1億円と一緒に姿を消してしまったという。私が共犯者ではないかと疑っているのだ。

私には身に覚えがない。燿子の行方を探すことを約束させられるが、昨夜の電話は燿子からかかったに違いないと確信する。村瀬は暴力団につながる危ない男だが、私は協力して解明に乗りだす。

燿子はルポライターとして転機にさしかかっており、社会派へ転換を図るためにベルリンへ取材に出かけ、ネオナチの取材をした際に殺人事件を目撃したという。その事件と燿子の失踪は関係があるのだろうか。

私は、村瀬と一緒に1億円の出所先である上杉に会いに行き、1週間以内に金の所在を突きとめるように上杉から言い渡される。本格的に燿子の行方を探し始めるが、存命中だったころの私の夫や父をも次第に巻き込み、燿子の殺人も絡んだ大掛かりな事件へと発展していく。

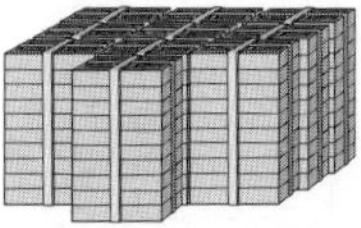

2017年（平成29年）

# かがみの孤城

きっと忘れられない一生の物語

辻村深月

4月で中学一年生になった安西こころは、ある事件をきっかけに不登校になってしまう。そんなこころの部屋には大きな姿見があった。

5月のある日、その姿見が光を放っていた。こころがかがみに触ると、表面は柔らかく、急に引っ張られるように引き込まれてしまった。

かがみの中は不思議な世界だった。シンデレラ城のような建物があり、正面入り口の中には大きな時計とそれを挟み込むように大きな階段があった。そして、狼のお面をかぶった少女と、中学生のアキとフウカの女の子二人と、さらに四人の男の子がいた。誰も知らない人だ。

狼面の少女は、こころも含む七人に伝えた。

「ここは願いが叶う場所、ただしそのためには、『願いの部屋』の鍵をみつけることが必要。そして、それは最初に見つけた人だけの特権で、期限は来年の3月30日まで」

中学生七人の鍵を見つける争いが始まった。しかし、緊迫感はまったくなく、七人はそれぞれ個室を与えられ、みんなが集まる広間や食堂があった。そして、朝9時から夕方5時まではかがみを通して外と自由に行き来できた。

あるとき、こころは女の子二人に、なぜ不登校になったのか、親にも話していない事件のことを話した。それは本当に怖く悲しい話であった。それを聞いたアキはこころの頭をくちゃくちゃになでながら「よく耐えた」と言ってくれた。こころの両目から涙があふれていく。

ある日、アキが広間で中学校の制服のまま、膝を抱えて顔を伏せていた。その制服を見たこころは驚いた。その制服は……。かがみの孤城で起きる七人の中学生の成長と葛藤の物語。そして、鍵は見つかるのか。願いは叶うのか……。

## 1992年（平成4年）

# 火車　宮部みゆき

クレジットカードの恐ろしい代償

任務中に負傷したため休職中だった刑事の本間俊介の元に、ある日、遠縁である栗坂和也が「失踪した婚約者の関根彰子の行方を探してほしい」と頼みに来る。本間は妻の葬式にも顔を出さなかった和也の図々しさに怒りを感じながらも、刑事という職業柄か、和也の話に興味を惹かれ、彰子を探しはじめる。

本間は最初、彰子の失踪はマリッジブルーによるもので、すぐに姿を現すだろうと楽観視していた。しかし、彰子が勤め先に提出していた履歴書はまるでデタラメ、友人と呼べる人もいないなど、調査を進めるうちに、結婚を間近に控え希望と幸せに満ち溢れている女性とは結びつかないような不思議な面が次々と浮き彫りになってくる。

また、結婚後の生活品を揃えるためにクレジットカードを作ろうとしたことをきっかけに姿を消したという彰子が、自らの意志で徹底的に足取りを消していたことも明らかになる。

やがて、彰子の失踪には、過去の壮絶な人生が深く関わっていたことが浮き彫りになる。クレジットカードの犠牲者とも呼べる自己破産者、新城喬子から関根彰子へと生まれ変わり、普通の幸せを手に入れようとした彰子。しかし、愛する人との結婚を目前に、また恐ろしい過去が襲ってきた。

自己破産は合法の救済措置。また、自己破産者のすべてが浪費家というわけではない。しかし、「過去の事実」は生涯にわたり付きまとう。簡単で便利な一枚のクレジットカードによって起こりうる、恐ろしい裏側の世界を切実に描いている。

1988年（昭和63年）

# キッチン

吉本ばなな

家族、死、孤独、そして優しさが作る世界

「私がこの世で一番好きな場所は台所だ」、と女子大生の桜井みかげは思う。両親が早くに亡くなった後、ずっと一緒に暮らしてきた祖母が急逝した後、彼女は毎日台所で眠っていた。

そこへ突然、同じ大学に通うひとつ年下の田辺雄一が現れ、「しばらくうちに来ませんか」と提案する。祖母の行きつけの花屋でバイトしていた雄一を、みかげはほとんど知らなかったが、雄一は祖母と親しく、亡くなった時にはぽろぽろと涙をこぼし、葬式も手伝ってくれたのだった。

みかげが向かった雄一のマンションは10階にあり、夜景が美しい大きな窓の前にはジャングルのようにたくさんの植物群が並んでいた。そこへ飛び込んで来た雄一の母・えり子の余りの美しさにみかげは圧倒されてしまう。細い指、女性らしい身のこなし、派手な衣装、そして太陽のような明るさ。

聞けば彼女は実は父親だという。雄一が幼い頃、その母が亡くなって以来、父は仕事を辞め女性になることを決心、店を持ち雄一を育ててきたのだと雄一は語る。

マンションのキッチン近くにある巨大なソファで眠り、奇妙な親子との生活を続けるみかげだった。

孤独の本質を知りながら強く生きてきたえり子と雄一の持つさりげない優しさと距離感は心地よく、みかげの心には光や風が入り始め、彼女は少しずつ元気になっていく。

出勤前、黄昏の西日の中で植物に水をやるえり子と語りながら、みかげは「いろんなことがあっても負けない、力を抜かない」と心に誓う。

2011年（平成23年）

# 苦役列車

西村賢太

硬質な文章で綴られる19歳の日雇い労働者の日常

日給5500円。日雇い労働者・北町貫多の日給だ。貫多はこのお金で2日暮らす。毎日、働きに出ればもっと稼げるが怠惰な日々が続く。金が足りないと母親のところにせびりに行く。

父親は、貫多が小学校の時に性犯罪でつかまって顔写真入りで報道された。すると、母親はすぐに離縁して、小学生の貫多と中学生の姉を連れて違う街に引っ越した。そして貫多と姉は転校を余儀なくされた。貫多は、それ以降、友達らしい友達はひとりもできなかった。

ある時、貫多は、いつものように日雇い労働者として荷役の運びをしていると、専門学校に通う同じ年の日下部と出会う。気軽に声をかけてくれて屈託のない日下部に、貫多は友情を感じるようになる。ともに飲み歩いたり、女を買ったりもするようになった。

それ以来、貫多は真面目に毎日、日雇いの労働に出るようになる。そして、荷運びだけでなく管理の仕事も任され、なおかつフォークリフトの運転も訓練させてもらえるようになった。

しかし、そんなとき貫多は日下部から彼女が出来たことを知らされる。それに嫉妬した貫多だが日下部の彼女から女性を紹介してもらおうと三人で野球を観戦しに行く。そしてその帰りに居酒屋で盛り上がるが、途中から悪態をつき始めた貫多は二人に決定的に嫌われてしまう。

そして、日下部は、その日雇いの仕事を辞めて専門学校に専念することを貫多に伝える。日下部が辞める数日前、貫多はトラブルを起こして上司を椅子で殴ってしまい、その仕事をくびになる。貫多は、日下部は所詮、「恵まれた家庭に生まれた人間」なんだと思いながら、また、自堕落な日雇い労働者の生活に戻るのだ。

## 1997年(平成9年)

# 黒い家　貴志祐介

### モラルの崩壊した人間社会の恐怖を描く

若槻慎二は生命保険会社の査定主任である。ある日「苦情があるから自宅に来てくれ」と菰田重則という見ず知らずの客から名指しで連絡を受け、不吉な予感を抱きながら行ってみると、そこには「黒い家」があった。

家は留守のようで、若槻が帰ろうとすると、ちょうど帰ってきた菰田と会ってしまい、家の中に案内される。

「息子の和也がいるはずなのに変だな」

そう言いつつ、菰田は若槻に和也の勉強部屋の襖を開けさせる。そこで若槻が見たものは、和也の首吊り死体だった。

自分は死体を発見したのでなく、発見させられた。和也は殺され、自分は第一発見者にされたのだ。

若槻は警察に告発するが、菰田は執拗に会社に来ては保険の請求を行う。

若槻が調べてみると、菰田は以前「指狩り族」と呼ばれる保険詐欺グループの一員で、菰田の背後で妻の佐知子が糸を引いていることがわかる。

「査定が終わっていない」と頑なに支払いを断る若槻に、菰田夫婦は憎悪を募らせていく。

やがて、若槻の周囲で気味の悪いいやがらせ事件が起こるようになり、恋人である黒沢恵や若槻本人にも魔の手が伸びてくる。子どもの首吊りは自殺だったのか、それとも他殺だったのか。

保険者の自殺疑惑が浮かび上がってくると同時に、狂気の殺人劇が始まる。

生命保険というシステムを通して、モラルの崩壊した人間社会の恐怖を描いている。

2004年（平成16年）

## グラスホッパー

伊坂幸太郎

三人の視点から描かれるハードボイルドの傑作

妻を殺された元教師の鈴木と自殺屋の鯨、そして、殺し屋の蟬、その三人の視点から描かれる。

鈴木は麻薬や臓器売買に手を染める会社「令嬢」に勤める。そこは寺原が経営する。その寺原の長男は、鈴木の妻をひき殺した犯人。その妻の復讐をするべき潜入した鈴木だが、その寺原の長男は鈴木の目の前で車にひき殺される。

その瞬間、鈴木は、寺原の長男が誰かに押されたところを目撃する。寺原の長男は「押し屋」と呼ばれる男に押されて車道に飛び出た。その時、鈴木は、一緒にいた「令嬢」の女幹部・比予子に押し屋を追跡するよう命令される。そして、鈴木は、押し屋を追って郊外まできた。郊外の住宅地で見たのは、幸せそうな押し屋の家族の姿であった。鈴木に比予子から電話がかかってくる。「見つけたの。どこ？」。しかし、幸せそうな姿に鈴木は、教えることをためらった。しかし、比予子は怒鳴る。「息子を殺された寺原が激怒しているのよ。教えなさい」

この「押し屋」の事件を見たもう一人の男がいた。それが鯨。鯨は、ある議員から依頼を受けて、議員の不正献金の身代わりになるよう、秘書を自殺に追い込んでいた。その自殺現場の高層ホテルの窓から、押し屋の事件を見ていた。

そして、もうひとり、この事件知った者がいた。それが蟬。かれは「押し屋」の存在を知って、彼を捕まえて寺原に売ろうと考えた。

「押し屋」をめぐる争奪戦が始まった。しかし、その場所を知るのは鈴木だけだった……。

グラスホッパーはイナゴのこと。イナゴの数が膨大になると一部のイナゴは色が変わり周りの仲間を食い漁る。鯨も蟬も「押し屋」も人を食い尽くす巨大都市のイナゴなのかもしれない。

2003年（平成15年）

# 蹴りたい背中

綿矢りさ

「無防備な背中を蹴りたい」女子高校生の心理

長谷川初実は陸上部に所属する高校1年生だ。気の合う者同志でグループを作り、お互いになじもうとするクラスメートたちに溶けこめない。

そんなクラスの中で、孤独といえるのは自分ともう一人、男子生徒のにな川だけだ。初実は、周りから疎外されているという同志の共感からクラス内で余り者になっているにな川に接触してゆく。

そこには、恋とも友情ともつかない不思議な感情が生まれる。

にな川は、自分が読んでいる女の子向けのファッション雑誌のモデルに初実が会ったことがあるという話に強い関心を寄せる。

彼は、ストーカー並みの女性モデル・オタクだったのだ。

初実はにな川の自宅で、稚拙なコラージュを施した女性モデル・オリチャンの写真や、ていねいに包装されたオリチャン愛用のインナーをいくつか発見する。

彼のマニアックすぎる生活を知った初実は、オリチャンのラジオを「耳元で囁いてくれている感じがするから」という理由で片耳だけで聴いて悦に入っているにな川の無防備な背中を蹴りつける。

自分よりも下の人間を見つけた優越感なのか、自分にはない趣味の世界を持っている彼に嫉妬したのだろうか。

好意を持ちかけた相手に「しゃきっとしろよ」と気合を入れたいと思ったのか。思春期に生まれる世間への違和感とまだ発達しきれていない未熟で複雑な気持ちの行き先が「背中」だったのは確かだ。

2010年（平成22年）

# さよならドビュッシー

ピアニストが絶賛した音楽ミステリー

中山七里

香月遥《こうづきはるか》が目指すのはピアニスト。お爺さんは地元の資産家だ。最近、両親を亡くした、いとこの片桐ルシアが一緒に住むようになった。

片桐ルシアは同い年、二人とも4月から高校生になる。ある土曜日、二人は離れに住むお爺さんの家に泊まることにした。その夜、突然、お爺さんの部屋から出火し一気に燃え広がった。そして、三人とも火だるまになってしまう。

気がつくと遥は病院にいた。全身、重度のやけどを負い、顔も焼きただれ、発見された時は母親でさえ誰かわからなかった。それでも、なんとか皮膚移植手術を行って一命はとりとめた。

しかし、お爺さんとルシアは死んでしまった。遥も一時は、全く動くことも聞くことも話すこともできなかった。それでも、何とか感覚を取り戻し動けるようになるが、松葉杖がなければ歩くことさえ自由にならない。

4月から、ピアニストを目指す遥は高校の音楽科の特待生として通うことになる。しかし、まともに指は動かない。そんな時、現れたのが岬洋介だ。彼は司法試験に受かったことがあるピアニスト。彼独特のピアノの指導方法で、徐々に遥はピアニストとしての実力を取り戻していく。そして、コンクールでの優勝を目指して、猛特訓に励むことになる。

そんな時、事件が起こった。遥が誰かの細工で、階段から滑り落ちそうになったのだ。資産家のお爺さんが亡くなったことで、莫大な財産が遥に入ることになった。それを狙う誰かが遥を狙ったに違いない。さらに事件が起こる。遥の母親が神社の石階段から落ちて死んでしまう。事故か事件か。事態は思わぬ方向に展開する。そして、驚きの結末として待っていたのは……。

## 下町ロケット

**2010年（平成22年）**

日本を支える最先端中小企業の技術者たちのドラマ

池井戸潤

佃航平は、100億円をかけた国家プロジェクトである衛星ロケットの打ち上げ実験に失敗する。自らが製作したエンジンだったが、宇宙工学研究の道をあきらめた。

そして、東京都大田区にある実家の佃製作所を継いだ。継いだ会社は佃の手で小さいが技術開発型の会社に生まれ変わる。しかし、会社は倒産の危機に直面していた。大手取引先からの突然の取引停止、さらには、大手のライバル会社から特許侵害で訴えられた。

しかし、窮地に追い込まれつつも、特許侵害の裁判では、腕利き弁護士を別れた妻から紹介され、逆訴訟で反撃に出る。

そんなとき、トップ企業の帝国重工から連絡が入る。それは、佃製作所で開発した水素エンジンのバルブシステムの特許を、1年間5億円で使わせてくれないかということだった。帝国重工は、ロケット開発に社運をかけていたが、開発したバブルシステムは、すでに佃製作所により特許が出願されていた。

しかし、この申し出を佃航平は断った。逆に、エンジン用バブルを供給させてくれないかと申し出る。これに対し、佃製作所内も若手社員から反対の声が起こる。特許使用料なら、何もしなくても1年で5億円が入る。しかし、製品の供給では、それほどの金にならないし製品不良でも出たら膨大な損賠賠償を請求される。

しかし、佃航平はロケット開発への夢を諦められなかった。そして、帝国重工から供給業者になるためのテストが実施されることになった。だが、このテストは佃製作所のプライドをズタズタする。しかし、それに怒ったのがバブル供給に反対していた若手たちだった……。

1997年2月（平成9年）

# 失楽園

渡辺淳一

不倫をテーマに究極の愛の姿を表現

敏腕編集者だった久木祥一郎は、突然、調査室配属を命ぜられる。仕事一筋に生きてきた久木の歯車が狂い始める。悶々と過ごす久木の前に、ある日、カルチャーセンターで書道の講師をしているという女性・松原凛子《りんこ》が現れる。美しく貞淑な凛子だったが、久木の強引でひたむきな恋の訴えを次第に受け入れるようになる。そして、週末毎に久木と逢瀬《おうせ》を重ねるようになると、凛子はいつの間にか底知れない性の歓びに目覚める。

二人の関係は次第にエスカレートし、ついには都内に密かにマンションを借り、愛の巣を作り上げる。しかし、そんな関係はすぐに互いの妻や夫へと知られてしまう。凛子の夫・晴彦は、敢えて離婚しないことで凛子を苦しめようとする。一方で、久木の妻・文枝はきっぱりと離婚を要求する。そんな状況下で、日常的な幸せから は遠のく久木と凛子だが、互いを求める気持ちはいっそう強まる。

ある日、久木の職場に凛子との関係を暴く告発文が送られてきた。社会からの孤立を実感した久木は、会社を辞め妻との離婚も決意する。また、凛子も夫や実母との縁を切り、久木のもとへ走る。世俗的なしがらみをすべて排除し、二人だけの究極的な愛の世界を実現するため、久木と凛子は、ついに、至高の愛の瞬間に命を絶つということを選択する。二人は雪深い温泉宿で激しく互いを求め合いながら毒の入ったワインを飲み、局所を結合させたまま心中を遂げる。

不倫をテーマに、分別ある中年の男女が愛と性におぼれていく姿を、過激な性描写で綴った究極のラブロマンス。

2001年（平成13年）

# 世界の中心で、愛をさけぶ

誰もが知ってる平成の純愛ロマンス

片山恭一

高校2年生の朔太郎（サク）は、同級生のアキの死という悲劇に見舞われる。たまたま同じクラスになったのがきっかけで、急速に親しくなった二人。恋に落ちるまでにさほど時間は必要なかった。

放課後のデートを重ねて二人はどんどん親密になっていく。二人だけで無人島を訪れたのも良い思い出だ。

残念なことに、幸せな日々は長く続かなかった。

アキが発病して、入院を余儀なくされてしまったのだ。病名は白血病。不治の病である。

サクはアキの憧れだったオーストラリアの神聖なる大地・ウルルにアキを連れて行く計画を思いつく。そして、病院を抜け出した二人は空港に向かうのだが、アキはそこで力尽き、命の炎を燃やしきってしまうのだった。

あれから十数年の月日が流れた。サクは今でも、粒状になったアキの遺骨の一部を小さなガラスビンに持ち続けている。思えば、自分の人生が本当に輝き始めたのはアキとの出会いがあってから――サクはこの事実に思い至り、改めてアキの存在の大きさを知る。

やがてサクにも新しい恋人ができた。そして二人は、アキとサクとの思い出がたくさんつまった郷里を訪れる。

サクにとって、アキの死とは何だったのだろうか。そして彼女の残してくれたものは、どれほどのものなのだろうか――その大きさを感じながら、高校時代の二人が一緒にいた郷里のグラウンドへ、サクは静かに遺骨を撒いたのだった。

**1996年（平成8年）**

# 蒼穹の昴

浅田次郎

清王朝末期、幼なじみの二人の運命が織りなす一大歴史ロマン

清王朝末期の中国。糞拾いで生活する極貧の少年・李春雲《リイチュンユン》（春児《チュンル》）と裕福な家の次男で春児の兄貴分にあたる梁文秀《リアンウエンシュウ》の2人は、村に住む予言者・白太太《パオタイタイ》から途方もない予言を与えられる。

「卑しきやつがれ、糞拾いの子、李春雲よ。怖れるでない、汝は常に、天宮をしろしめす胡の星、昴とともにあるのじゃ」と告げられた春雲は財産も希望もなく、自分で体の一部を切り落とし、お告げだけを胸に都へ出ていき宦官《かんがん》として一歩一歩出世の階段を上がっていく。

一方「天子のかたわらにあって天下の政《まつりごと》を司ることになろう」と言われた文秀は、難関の科挙を突破して政治の世界に進んでいく。

この物語は、西太后《シータイホウ》とその甥である光緒帝を取りまく王宮における権力争いを中心に、光緒帝の側で王朝建て直しのための「変法運動」に走りまわり宰相にまで昇りつめた文秀と、西太后に仕える宦官となった春雲という二人の幼なじみの運命が織りなす一大歴史ロマンだ。清国滅亡時の歴史上の有名人である康有為《カンヨウウエイ》、李鴻章《リホンチャン》、毛沢東《マオツオートン》、伊藤博文なども登場。

やがて清朝内部では、西太后を裁く后党と、西太后を除いて皇帝の親政を実現しようとする帝党とに分かれて対立する。宦官となった春雲はみるみる才覚を現し、西太后の寵を得て側近として仕えるまでになる。

一方、文秀も皇帝を支える変法派若手官僚の中心的存在となった。

幼い頃の友情は変わらないまま、運命の悪戯によって敵味方に分かれてしまった2人。立場は異なれど春雲と文秀は滅びゆく清朝の中で懸命に生きていくのであった。

# チーム・バチスタの栄光

2006年（平成18年）

新たな発想で「密室」を構築した医療ミステリー

海堂尊

バチスタ手術――正式には「左心室縮小形成術」と呼ばれるこの手術は、肥大してしまった心臓を手術によって切り開き、小さく形成するという画期的、かつ難易度の非常に高い外科療法だった。成功率は約6割。10件の手術に対して6人の成功しか期待できないこの手術の場合、失敗とはすなわち患者の死を意味する。

東城大学付属病院に勤務する桐生恭一助教授は、アメリカのサザンクロス心臓疾患病院から招聘されたこの分野の世界的な権威だ。彼は日本に帰国後、付属病院のスタッフによってバチスタ専属のチームを編成し、1年間に26例の手術を行ってその全てを成功させていた。

しかし、このチーム・バチスタの栄光に影がさす時がやってくる。立て続けに3例、手術に失敗し患者を死なせてしまったのだ。

たまたま連続した不運なのか、医療事故か。それとも悪意によって故意に引き起こされたものなのか？　事態を憂慮した病院長は万年窓際講師の田口公平医師に内部の調査を依頼する。

一人一人、チームのメンバーから聞き取り調査を行った田口医師は、手術の失敗が医療ミスなどではなく、故意によるもの――つまり〝殺人〟である可能性を否定できなくなり愕然とした。手術室で白昼、それもオペ中に行われた連続殺人事件！　犯人はチームの中に存在するのか、それとも桐生助教授の成功を快く思わない病院内の誰かが……!?

急遽、厚生労働省から医療過誤を審査する技官・白鳥圭輔が派遣されて病院にやって来る。

彼は田口医師を助手として、思いもよらぬやり方で調査を開始し、事件の意外な真相を明らかにしていく。

2005年（平成17年）

# 東京タワー

オカンとボクの絆を描いた自伝風長編小説

リリー・フランキー

九州・筑豊出身の中川雅也は、明るくて優しく誰からも愛されるオカン・栄子が大好きだ。一方、酒癖が悪く粗雑で、ふらっと帰ってきては雅也たちの平穏な生活に波風を立てるオトン・弘治を疎ましく思っていた。

雅也が中学に入学して間もない頃、祖母の種が他界するが、通夜の日、まるで他人事のように「栄子も寂しいだろう」と言った弘治に、雅也は心底怒りを覚える。そして、絶対に父を超える男になることを誓う。

しかし、30歳になっても定職がない雅也は、まるで父親のように甲斐性がない。友人と一緒に暮らしていたアパートは家賃滞納で追い出され、公園で寝泊まりする生活を余儀なくされる。そんな時、真沙美という女性と出会ったことをきっかけに、雅也は今の生活から抜け出すことを決意する。

イラストの仕事も見つかり、やっと人並みの生活を始めた矢先、栄子が甲状腺ガンに侵されていることを知る。雅也は、幸いにも手術が成功し、術後の経過も良好だった栄子を東京に呼び寄せ、またオカンとボクの生活を始める。

それから1年ほど経ち、再び栄子が入院することになる。病室からは東京タワーが見える。「いつか一緒に上ろう」と約束する母子だが、それも果たせないまま栄子は息を引き取る。

まだ温もりがある母に臨終を告げる医師、淡々と葬式の準備をする葬儀屋などに呆然とし、雅也は一人孤独を感じる。

しかし、雅也は栄子が残した遺書を見つけ、そこに刻まれていた栄子のメッセージを読んだ時、再び深い母の愛情を感じると共に、強い絆の存在を実感する。

1999年（平成11年）

## バトル・ロワイアル

少年少女が繰り広げる壮絶なデスゲーム

高見広春

極東の全体主義国家「大東亜共和国」では、全国の中学3年生のクラスから50クラスを無差別に選び出し、「戦闘実験第68番プログラム」という殺人ゲームを展開していた。

そのターゲットの1クラスとして選ばれてしまったのが香川県城岩町立城岩中学3年B組の42人。

バスで修学旅行へ向かう途中、催眠ガスで眠らされた生徒たちは、ゲームの舞台となる高松市沖の島、「沖木島」へと連行されてしまう。目を覚ました彼らに、政府の役人は突然、殺し合いのゲームが始まることを告げる。

ルールはたった一つ。ほかのクラスメイト全員を殺し、最後に自分一人だけ生き残ること。生徒には「ガダルカナル22号」という首輪が付けられており、発信される生体反応により居場所や生存が確認されてしまう。また、無理矢理首輪をはずそうとしたり、政府が設けた禁止エリアに足を踏み入れると身体が爆発する仕組みになっている。

一日4回流れる定時放送では、次の禁止エリア区域が発表されるほか、死亡したクラスメイトの名前が読み上げられ、「殺らなきゃ、殺られる」という生徒たちの闘争心を煽る。

極限の状態にまで追い込まれた生徒たちの行動は、自殺したり、仲間を作ったり、孤立したりとさまざまだ。

タイムリミットまでに自分以外の全員を殺さなければ死んでしまうという極限の状態にいる少年少女。昨日まで友達だった仲間への信頼と不信が交錯しながらも、中学3年生がクラスメイトを相手に繰り広げる絶望なデスゲーム小説。

1995年（平成7年）

## パラサイト・イヴ

意思を持つミトコンドリアの恐怖を描いたホラー小説

瀬名秀明

永島利明は大学の薬学部勤務の生化学者で、専門はミトコンドリアの研究である。

ある日、妻の聖美が不可解な交通事故で亡くなるが、彼女の腎臓は腎バンクに登録してあったため安斉麻理子という14歳の少女に移植される。利明は妻の突然の死を受け入れることができず、秘かに肝細胞を取り出して培養することにした。

ところが、「ＥＶＥ《イヴ》１」と名づけられたその細胞は、次第に特異な性質を現すようになる。

本来は核質に制御され、エネルギーを作り出す役割だけのミトコンドリアが異常に発達し、長い歴史から解放され、従来とは違う支配する立場に立とうと行動を始めたのだ。

ミトコンドリアは利明の培養室から抜け出し、毎夜悪夢にうなされる麻理子の病棟をめざそうとする。麻理子の体に移植された腎臓も、ミトコンドリアの訪れを喜々として待つ。

やがてミトコンドリアは結合し、自身の解放を告げ、新しい人類の創世を謳いあげる。

ところが、ミトコンドリアの内部でオスの要素とメスの要素が激しい戦いを始め、物語は思いもよらない結末に向かう。

# 火花

2015年(平成27年)

又吉直樹

漫才師の面白くも哀しい人生

主人公の徳永は「スパークス」という漫才コンビを組んでいた。熱海の花火大会に出演した際、「あほんだら」というコンビの神谷に出合う。その破天荒な芸に惹きつけられた徳永は、弟子にしてほしいと頼み込む。そして、日々、ともに酒を飲み歩く師匠と弟子になった。

神谷は真樹という女性と同棲していたが、恋人というわけではなく、金のない神谷が彼女の部屋に転がり込んでいただけだった。ある日突然、神谷が真樹と別れるという。真樹に男ができたのだ。神谷が、男がいる真樹の部屋に、自分の荷物を取りに行くという。これに付き合わされた徳永は、神谷からの命令で勃起をさせられる。理由は、勃起する徳永を見たら、笑えるだろう、そしたら、真樹の男と喧嘩しなくてすむというとんでもないものだった。

神谷は非常識なほどの芸人肌で、売れっ子になることはなかった。一方、スパークスは人気が出てテレビ出演もするようになる。しかし、その彼らを神谷は評価することはなかった。

人気が出たスパークスだったが、人気が徐々に落ち、コンビを解散することになる。最後のステージ。「この十年、ほんまに楽しくなかったわ」という、気持ちと逆の言葉を連発するという漫才がうけて、爆笑と爆泣きの終わりだった。そして、それを見ていた神谷も泣いていた。

コンビ解散と同時に、漫才をやめた徳永だったが、ときどき神谷に会っていた。しかし、その神谷が突然いなくなった。1000万円の借金をして夜逃げしたのだ。

そして1年、突然神谷から連絡があった。久しぶりに会った神谷だったが、そこには驚愕の姿になった彼の姿があった……。

1996年（平成8年）

## 不夜城

馳星周

中国黒社会に生きる憎しみと孤独に満ちた男の物語

日本人と台湾人のハーフ劉健一は「半々（バンバン）」と呼ばれ、アジア屈指の大歓楽街・新宿歌舞伎町の中国黒社会でしたたかに生き抜いている。

　だが、かつての相棒・呉富春が歌舞伎町に戻ってきたことから事態が一変する。富春は1年前、上海マフィアのボス・元成貴の片腕だった男を殺害し、逃亡を続けていたのだ。

　健一は、噂を聞きつけた元に呼び出され、3日以内に富春を連れてくるように脅される。そこへ、「富春を売りたい」という謎の女・夏美が現れる。

　夏美もまた、大陸中国人と日本人の半々で、健一は打算や計算を超えた部分で夏美に惹かれていく。

　台湾華僑のボス楊偉民、元成貴とその手下の殺し屋・孫淳、北京出身の新興ギャング・崔虎一派……いずれも隙あらば相手の寝首を掻こうと狙っている。タイムリミットは3日間。

　健一と夏美は、上海と対立する台湾と北京マフィアに保険をかけ、策略をめぐらせる。大物マフィアを計略の罠にはめていく過程は秀逸だ。しかし、逆に窮地に追い込まれてしまう。

　生き残るために健一が張りめぐらすあの手この手。夏美の正体。そしてクライマックスでの裏切りとどんでん返し、銃撃戦。さらにラストに訪れる健一と夏美の救いようのない運命的な悲劇。

**2003年（平成15年）**

# 蛇にピアス

痛みを感じている時だけ生を実感できる私

金原ひとみ

「スプリットタンって知ってる？」

「何？　それ。分かれた舌って事？」

「そうそう。蛇とかトカゲみたいな舌。人間もああいう舌になれるんだよ」

冒頭のわずか数行の主人公の私と男（アマ）とのやりとりで小説のテーマが提示され、「蛇の舌」というイメージが読む者の皮膚を波立てる。スプリットタンとは、舌の先を切開して蛇のように二股にする身体改造の一種で、「私」はアマの影響でスプリットタンに魅せられるようになった。

「私」は刺青にも並々ならぬ興味を示す。アマに連れて行かれた身体改造の店でオーナーのシバさんと出逢い、スプリットタンのほかに刺青も試みていく。

私は「私が生きている事を実感できるのは、痛みを感じている時だけだ」と思っており、「こんな世界にいたくない。暗い世界で身を燃やしたい」と念じながら、痛みとともに舌ピアスを拡張していく。

結局シバさんと「私」は関係を結び、アマとシバさんとの奇妙な三角関係が展開していく。私は、アマが知ったら殺されるかもしれないと思う。そんな中で、街で私に絡んだチンピラをアマが半殺しにする。その後アマからの連絡が途絶え、死体で発見される。犯人は誰だろう？　私はシバさんを疑いながらも、そんなことはないと考え、シバさんの恋人も悪くはないなと思う。

1999年（平成11年）

## 亡国のイージス

福井晴敏

守る国を失った「盾（イージス）」がもたらす恐怖

「イージス」とは、ギリシャ神話に登場する「無敵の盾」のこと。作者は、戦争を放棄した日本の自衛隊のいまの姿を、守る国を失った『亡国の盾（イージス）』であると言いきり、最新鋭の防空システムを搭載した海上自衛隊の護衛艦を舞台に手に汗握る海洋冒険ミステリーに仕上げた。

　東京湾沖で訓練航海中のイージス護衛艦「いそかぜ」に、沖縄の米軍基地から奪われた化学兵器GUSOH《グソー》が某国の工作員によって持ち込まれた。

　GUSOHは、わずか1リットルで東京を廃墟に変える威力を持っているという。

「いそかぜ」の先任伍長の仙石がその情報を摑んだ時、艦は特殊工作員たちによって乗っ取られていた。「いそかぜ」は誰によって、何のために、どんな事件に巻き込まれていくのか。

「いそかぜ」の異変を知った海上訓練指導隊は、首相を長とする国家安全保障会議を招集する。しかし、テロリストは政府への宣戦布告ともとれる強迫的な要求を突きつけ、要求が通らなければ東京に特殊弾道ミサイルを発射すると通告する。

1997年（平成9年）

# 鉄道員《ぽっぽや》

平凡な男の人生に舞い下りた一瞬の奇蹟

浅田次郎

佐藤乙松は鉄道一筋に生き、北海道のローカル線の終着駅・幌舞《ほろまい》駅の駅長として定年を迎えようとしていた。

すでに廃線が決まっていたが、残り少ない鉄道員《ぽっぽや》としての仕事を全うしようと、1人きりで駅を守っている。

娘の雪子を2歳で亡くし、仕事を優先したために17年間連れ添った妻の静枝の死目にも会えなかった。同僚の仙ちゃんは乙松の定年後の仕事を心配してくれるが、新しいホテルという場で自分を試す勇気もない。そんなところで傷つくより、鉄道員として築きあげてきたプライドにすがろうと思っている。

そんなある雪の夜、ホームの雪かきをしている乙松の前に一人の少女が現れ、人形を忘れていく。それが、彼に訪れた優しい奇蹟の始まりだった。

一人娘と妻を亡くし、寂しい孤独な思いを持つ乙松の前に、雪の精が微笑んだのだ。少女の頃、小学生の頃、中学生……と、生きていたならばの年頃で娘は乙松の前に現れ、彼はつかのま娘と遊ぶ。

幌舞線の廃線の日、駅のホームで死んだ彼の背に次々と雪が舞い下りる。

1993年（平成5年）

# マークスの山

殺人者と刑事の心理を描く本格的警察小説

高村薫

昭和51年（1976年）に起きた甲府山中の土木作業員による殺人事件、その後、精神病院で起きた看護師殺害事件、さらに甲府の山中で発見された白骨死体。

一見関係なさそうな過去の事件が提示された後、特殊な道具で頭を穿《うが》たれて元暴力団員と法務省官僚が惨殺される連続殺人が起こる。

しかし、犯人は最初からわかっている。幼い頃の不幸な出来事で精神を病み、その重さを抱えて生き続けるうちに「マークス」という別人格を生み出し、殺人者への道を踏み出した青年・水沢だ。彼は、偶然知った過去の犯罪をネタに、関係者を脅迫し、次々と消してゆく。

水沢には3年ごとに明るい自分と暗い自分が現れる。彼の心の中にはもう一人の自分＝マークスがいて、その命令のもとに殺人を繰り返しているのだ。

バラバラの事件の背景と、犯人、警察、水沢らの心の動きや心理がていねいに描かれ、合田《ごうだ》刑事たちの捜査によって発見される手がかりによって事件が少しずつからみ合い、全容が明らかになる。脅迫されるのは大学教授、官僚、医者といった社会的に高い地位を持つ者たち。彼らは警察に有形無形の圧力をかけ、合田たちを苦しめる。合田はそれと闘いながら、犯人の次の犯行を防ごうとする。追い詰められた水沢が「山」へ向かったと知り、合田たちも南アルプスに向かう。厳しさを増す冬山で、水沢を見つけられずに焦る捜索陣。

16年前の事件と現在の連続殺人事件。一見、無関係に見える事件を結び、線にしていく刑事たち。彼らは、憎み合い、いがみ合いながらも、犯人の逮捕に向かっていく。

## 夢見る帝国図書館

**2019年（令和元年）**

「図書館が主人公の小説」に託された女性の一生

中島京子

わたしがライターのころ、上野公園のベンチで喜和子さんに出会った。喜和子さんは初老の女性。彼女は自分が書こうとしていた「図書館が主人公の小説」を私に書いてほしいと言ってきた。タイトルは『夢見る帝国図書館』。

この小説は、物語の途中に帝国図書館の歴史がコラムのように挿入される。明治時代に始まった帝国図書館の歴史。建設計画や、図書館の所管が国から都へ移ったことや、この図書館に通った作家たちのエピソードが盛り込まれる。

物語に戻る。喜和子さんは、大学教授だった古尾野先生の愛人だった。九州から出てきて、上野近辺の小料理屋で働いているときに出会った。しかし、喜和子さんに彼氏ができたと思った古尾野先生は、喜和子さんと別れてしまう。

わたしが忙しくなって喜和子さんに会わないうちに、彼女は老人ホームへ入ってしまう。ある時、そのホームから彼女が肺炎で入院したという知らせが入る。そして彼女は亡くなった。

喜和子さんを偲ぶ会が開かれた。そこでわたしは喜和子さんが残した一つの封筒を手にする。その中にはびっしり文字が書かれたルーズリーフと、瓜生平吉という人物から送られた、なぞなぞが書かれたハガキが入っていた。そのルーズリーフには、1章として戦後、上野のバラックで幼ない彼女が復員兵二人と暮らしていたことが書かれていた。しかし、2章は、2章の文字のみ。ハガキのなぞなぞは全く解けない。

偲ぶ会の日に、突然、喜和子さんの孫を名乗る女子高生がメールをしてきた。そして、わたしは喜和子さんの不幸な九州時代のことを知ることになる……。いったい、喜和子さんは何者なのか？　何を書こうとしていたのか？

2005年（平成17年）

## 容疑者Xの献身　東野圭吾

女を守るため完全犯罪を仕組む天才数学者

犯人がわかっている倒叙ミステリーである。だが主役は、殺人事件の犯人ではない。

殺人犯は、弁当屋で働きながら中学生の娘を育てている花岡靖子。

ろくでなしの夫と別れて平穏に暮らしていたが、ある日突然前夫が現れ、口論のはずみで彼を殺してしまう。

自首を考える靖子に救いの手を差しのべたのが、アパートの隣室に住む冴えない中年の高校数学教師・石神哲弥だった。石神は「私の論理的思考に任せてください」と言い、母娘にアリバイ作りの指示をする。やがて死体が発見され、捜査の手が母娘に伸びる。石神が作った完璧なアリバイは警察の追及をはばむことができるのか。

ここに探偵役として登場してくるのが、作者の連作短篇集『探偵ガリレオ』『予知夢』でおなじみの物理学者・湯川学。湯川と石神は帝都大学物理学部の同期生で、数学科に進んだ石神は「50年か100年かに一人の逸材」といわれる天才数学者だった。

1つの冷徹で論理的な「解」に到達していた石神と、その解に迫ると同時に異なる解を求めて立証していく湯川。2人が繰り広げる数学の演繹思考と物理の帰納思考とのせめぎ合い、頭脳戦が後半の焦点になる。

石神はなぜ、赤の他人にかくも献身的な行動をとれたのか。

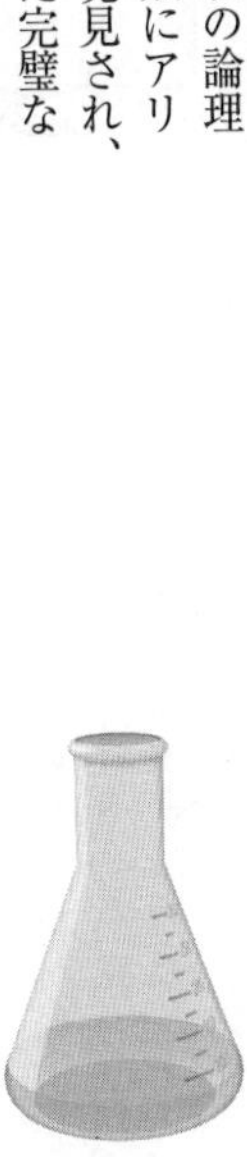

**2003年（平成15年）**

# 四日間の奇蹟

3人は巡り会い、そして〝奇蹟〟は起きた

浅倉卓弥

将来を嘱望されていたピアニスト・如月敬輔《きさらぎけいすけ》は、オーストリア留学中に遭った強盗事件で左手の薬指が曲げられなくなってしまう。そして、同じ事件で両親を亡くしてしまった少女・楠本《くすもと》千織《ちおり》の保護者役を務めることになる。

千織は脳に障害があり、15歳の今でも幼児のように純真なまま。言葉を置き換えれば、誰かの世話なしには生きられないのである。ただその代わり、一度聞いた曲をピアノで完璧に弾きこなす能力を備えていた。そこで二人は、帰国後、依頼に応じて各地の施設をめぐり、千織の演奏を聴かせる活動を続けてきた。

山奥にある医療施設を訪れた敬輔は、千織とともに滞在することにした。この施設には、敬輔の高校時代の後輩・岩村真理子が栄養士として勤務している。11年ぶりの再会。敬輔は真理子のことを忘れていたが、彼女はその後、敬輔と千織の前に頻繁に姿を現すようになる。

ある日、ヘリコプターに雷が直撃、千織と真理子は巻き込まれてしまう。千織は気を失っていただけだったが、真理子は意識不明の重体に陥る。そして千織が回復した時、彼女の心は真理子の心と入れ替わっていたのだ。

敬輔と、真理子の心を宿した千織はこの事実を秘密にするが、その間にも真理子の身体は衰弱していく。

奇蹟はここで起きた。真理子には4日間という時間が与えられ、最後の瞬間まで、敬輔とともに自分の人生とその価値を見つめ直す機会を得られたのだ。その後、敬輔と千織はオーストリアへと旅立つ。

１９９８年（平成10年）

## 理由　宮部みゆき

リアルな家族の問題と非現実的な殺人事件

荒川区の高層マンションで一家４人が殺された。１人はマンションからの転落死、３人は２０２５号室で撲殺死体で……。ところが、殺されていたのはそこに住んでいるはずの小糸一家ではなかった。４人はいったい誰なのか、誰が殺したのか。小糸家の３人の家族はどこへ消えたのか。

２０２５号室は小糸家がローンを払えず競売にかけられた物件であり、死んだ４人は悪徳不動産屋に専有屋として依頼された砂川という家族であることがわかる。ところが、殺された砂川一家は家族でもなんでもなく、一人ひとりの身元が明らかにされていく。

事件の背後には、裁判所による不動産の競売とそれを利用する悪質業者という社会問題がある。作者は、バブル崩壊後の日本を描きながら、一方で家族の問題も正面から取り上げており、この事件に関わりを持つ数え切れないほどの家族の恐ろしくリアルなありようを浮き彫りにしている。

主人公はおらず、物語はルポ形式という新しい手法で進められる。関係者に対するインタビューによって事件を客観的に述べ、全容を解明していくのだ。じれったいが、その手法によって少しずつ複雑に絡み合った糸がほどけ、謎が明らかになっていく。

2008年（平成20年）

# 流星の絆

東野圭吾

両親を殺された3兄妹の復讐劇

ハヤシライスが旨い横須賀の洋食店『アリアケ』の店主夫妻が、深夜、自宅で惨殺された。その晩、功一、泰輔、静奈の3兄妹は流星群を見ようと自宅を抜け出し、戻ってみると両親は息絶えていた。泰輔は裏口から出て来た男を目撃したが、捜査は難航。三人は養護施設で育つ。

14年後、事件は時効を目前にする。3兄妹は施設を出て、静かに暮らしていた。

だが静奈と功一が立て続けに騙されたことから、3兄妹は結束して詐欺を働きだす。功一の立てた作戦をもとに、静奈の美貌と泰輔の演技力で、金のあるモテない男たちをカモにしてきたのだ。

その最後の標的は、洋食チェーン店「とがみ亭」の御曹司・戸神行成だ。初めは金目当てに行成に近づいた三人。ところが行成の父・政行は、泰輔が事件当夜に目撃した男だった。さらに、静奈が口にした「とがみ亭」のハヤシライスは、かつて父が店で出していた味に酷似していた。それを聞いた功一は、政行が犯人と狙いを付け、両親の仇を討つと決意する。

とはいえ、決定的な証拠が見つけられない3兄妹は、両親の形見を使って政行の犯行を裏付け、捜査を進展させようと画策する。作戦は順調に進むかに見えたが、静奈は自分たちの両親を殺した犯人の息子・行成に惚れてしまう。

二人の兄に見抜かれ動揺する静奈だが、行成への想いを抑え、戸神家を訪問して作戦を決行。見事成功させたはずが、行成にだけはバレてしまった。

父親の過去や静奈の正体に疑念を抱く行成もまた、真相を探り始めた。こうして、3兄妹と行成は戸神政行を追い詰める。

1997年（平成9年）

# レディ・ジョーカー

犯人はなぜビールを人質に20億円を要求するのか

髙村薫

1兆円企業の日之出ビール社長の城山が誘拐され、数日後に解放される。しかし、各地で異物が混入されたビールが出現し、「レディ・ジョーカー」と名乗る犯人がビールを人質に20億円を要求してきた。

その脅迫の裏で、真の要求を提示されていた城山は、警察とマスコミの目を欺き、犯人グループと裏取引を実行していく。

なぜ城山は犯人グループの要求に従わねばならなかったのか。その背景には、日之出ビールの体質、日本企業の体質、企業と社員の歪んだ関係や日本の現代社会が目をふさぎ、隠蔽してきた過去があった。

作者は事件の背景に、部落、在日、障害者、ノンキャリア、貧困といった、人生のジョーカーを引かざるをえなかった犯人たちの鬱屈と屈折を書き込み、社長城山、会社の従業員、事件に便乗しようとする総会屋や代議士、株で儲けようとする証券マン、刑事合田、検事加納、新聞記者根来らの葛藤する心の内を描くことで事件を明らかにしていく。

犯人はわかっているのに事件の全貌は見えない。読者はビール会社の従業員と一緒に犯人からの連絡を待ち、事件にひきずりこまれていく。

城山や合田、加納、根来たちは、事件に出逢うことで所属する組織と対立を余儀なくされ、最終的に組織を裏切る決断をする。

# 索　引

**著者紹介**

「日本の名作」委員会
日本の名作をこよなく愛すライターやエディターの集まり。
毎日、新しい名作を求めて書店に繰り出している。

**編集協力**／有限会社羅針盤

※本書は２００８年12月に小社より刊行した
宝島社文庫『知らないと恥ずかしい「日本の名作」あらすじ２００本』を
加筆・改訂、改題したものです。

宝島
SUGOI
文庫

1分de教養が身につく
# 「日本の名作」あらすじ200本
（いっぷんできょうようがみにつく「にほんのめいさく」あらすじにひゃっぽん）

2023年4月20日　第1刷発行

著　者　「日本の名作」委員会
発行人　蓮見清一
発行所　株式会社 宝島社
〒102-8388　東京都千代田区一番町25番地
電話：営業03（3234）4621／編集03（3239）0927
https://tkj.jp
印刷・製本　株式会社広済堂ネクスト

本書の無断転載・複製を禁じます。
乱丁・落丁本はお取り替えいたします。
©TAKARAJIMASHA 2023 Printed in Japan
First published 2008 by Takarajimasha, Inc.
ISBN 978-4-299-04176-0

## 宝島SUGOI文庫　好評既刊

宝島 SUGOI 文庫

# 令和改訂版 読むだけですっきりわかる 国語読解力

後藤《ごとう》武士《たけし》

改訂を重ね、長きにわたって読解力難民を救ってきた名著が14年ぶりにリニューアル。活字であることを忘れさせる語りかけ文体で、評論も小説もスイスイ読めるようになる、子どもから大人まで使える一冊。これを読めば、もう「作者の言いたいこと」で悩むことはない！

定価　770円（税込）

# あらすじ 目次

## Part1 知っておきたい古典文学

時には、ふとした雑学の知識が、人に評価されることにつながる。これは社会人にとってみると、出世のチャンスでもある。

文学作品は、雑学の中でも、王者と言えるかもしれない。どんなストーリーかを知っているか否かで、なぜかその人の評価は上がったり下がったりする。

たとえ断片的な知識であっても、まったく知らない人とは、雲泥の差が生じることとなる。

この本を、通勤・通学の時間で、さっと読んでみて、日本にはどういう文学作品があったかを知ってみるのはいかがだろうか。

また、知っている作品があったら、読み返す気持ちになるかもしれない。興味があったら、一冊を丸ごと読んでもいい。

この本を通読するだけで、必ず、あなたの生活は豊かになるはずだ。

# まえがき

長い歴史を有する日本には数多くの文学作品がある。

これらは、日本文化の財産だ。同時に、数多くの物語は、私たちに何らかの影響をもたらしているし、逆に影響も与えている。日本人特有の感性が、文学作品の歴史をつくってきたのだ。

この本ではそれら文学作品のあらすじをザックリ紹介してみた。この本に紹介されている文学作品ぐらいは、知っておかないと大人としても、日本人としても恥ずかしい。

ただ、これだけの本を読むなんてことは、本を読むことを専門としている人でない限り難しいし、その必要もない。

最近は、ゲーム機で常識レベルの雑学を問うソフトも登場してきた。雑学は人生を豊かにする。また、雑学があれば、男性は居酒屋での会話も弾むし、女性は職場や学校の雰囲気をリードすることができる。

# 1分de教養が身につく「日本の名作」あらすじ200本